つるつる日記

26歳のラストメッセージ

武田 茜

栄光出版社

本文イラスト・武田　茜

はじめに

「生きてるだけでまるもうけ」

妹が病気になって好きになった言葉です。

病気がみつかって一年三ヵ月……痛くて辛い闘病生活でしたが、いつでも前向きで多くの友人に支えられ、とても大切な時間になりました。

もしかしたらこの結果を分かっていてブログに残していってくれたのかもしれない……それでも前を向いて毎日一生懸命すごして、私達家族や友達にたくさんのメッセージを残してくれました。

自分のような辛い思いを、大切な人にしてもらいたくないから、一人でも多くの人に検診を受けて欲しい！　妹は私達に何度も言っていました。

妹が伝えてくれたメッセージや絵、作品をたくさんの人に見てほしい、妹が生きた証を残したい！　そんな思いでこの本を作りたいと思いました。

私達は茜を失い、言葉では言い表せない程の悲しみを味わいました。自分が病気になると周りの人も悲しませてしまいます。自分が健康だと周りも幸せなのです。

これが何かのきっかけとなり一人でも多くの大切な命が守られますように私達の願いを込めて。

平成二十四年四月

姉　武田明日香

つるつる日記

二〇一一年一〇月三〇日

生きてるだけでまるもうけ！

ってステキな言葉だと思う。
そうやって思わされる出来事があり、
そのことを時間がたつにつれ忘れていったり
薄れていってしまいそうだから、
記録として残そうと思います。
人間は忘れていく生物です。
特に辛いことはね。
卵巣癌と共に生きる
26歳乙女（？）ブログです!!!
ブログの題名『つるつる日記』とは
会社の先輩が命名した名前です（笑）
すべてのはじまりは二〇一一年一月二日
毎年恒例の地元友達との新年会。
浴びるようにたらふくお酒をいただくわたし。
25歳独身、彼氏有り。

お酒も飲めばタバコも吸う。
中学生からの夢だったデザイナーになり、
仕事も遊びも最高に楽しい時期。
一年の楽しみは夏のフジロックと
秋の朝霧ＪＡＭ
これのために頑張って働いてるのよ!!
なんてよく言っていたよ。
服すき!!　音楽すき!!　猫とクラゲがすき!!
本も映画もダイスキ!!
とにかく好きなことがたくさんある
まあどこにでもいる
毎日を楽しんでいるふつーの女子です。
この日もご自慢のぽっこりお腹を
みんなに見せびらかし
妊婦〜♪なんて言って笑ってた。
その五日後には
自慢のぽっこりお腹には、とんでもない
悪魔（マーラ）ちゃんが潜んでいることを
知ることになる。

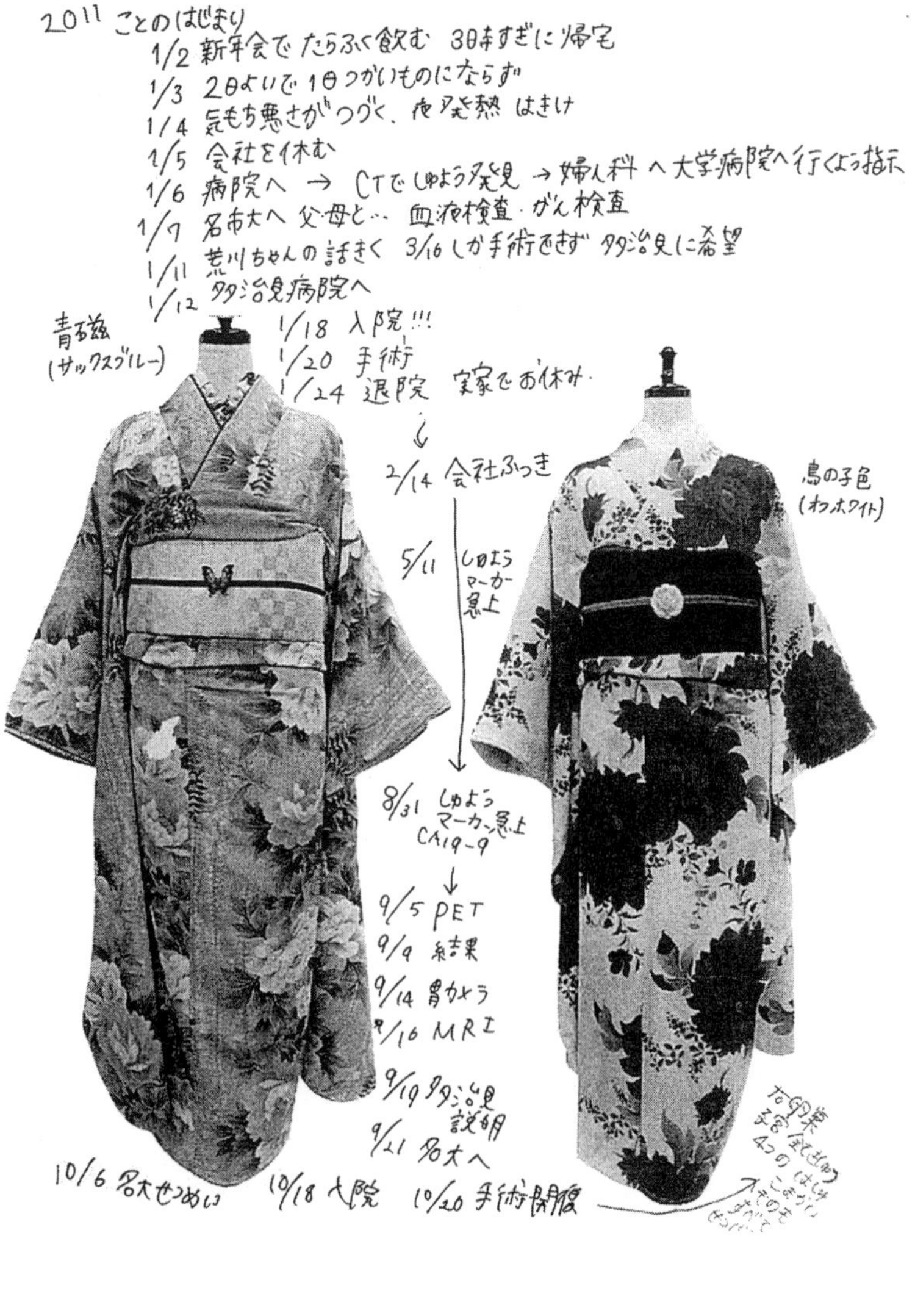
2011 ことのはじまり
1/2 新年会でたらふく飲む 3日未すぎに帰宅
1/3 2日よいで1日つかいものにならず
1/4 気もち悪さがつづく、夜発熱 はきけ
1/5 会社を休む
1/6 病院へ → CTでしゅよう発見 → 婦人科へ大学病院へ行くよう指示
1/7 名市大へ 父母と… 血液検査・がん検査
1/11 荒川ちゃんの話きく 3/16しか手術できず 多治見に希望
1/12 多治見病院へ
青磁
(サックスブルー)
1/18 入院!!!
1/20 手術
1/24 退院 実家でお休み
2/14 会社ふっき
5/11 しゅよう マーカー 急上
鳥の子色
(オフホワイト)
8/31 しゅよう マーカー急上 CA19-9
9/5 PET
9/9 結果
9/14 胃カメラ
9/16 MRI
9/19 多治見 説明
9/21 名大へ
10/6 名大せつめい
10/18 入院
10/20 手術開腹

二〇一一年一〇月三〇日

あけまして病院へ

二〇一一年一月六日

ついにマーラちゃんが

あばれだす!!

2日の友達との新年会後

どうも体調が優れない。

ずーっと二日酔いみたいな吐き気が続く。

前日に夜中ずーっと

熱が出て、吐き気がとまらない。

あー、風邪ひいたわこりゃ。

と思い、家の近くの病院M病院へ受診。

まわされたのはもちろん内科。

やさしそうな女性の先生だった。

本当は、前から気になってた

自慢のぽっこりお腹。

昔は

食後にでかくなるだけだったお腹が
今じゃ24時間フル出勤!!
ずーっと出たまま。
お腹が目立たない
ゆるーい服を選んで着てた。
(もし、このお腹が便秘ちゃんで
う○こちゃんがつまってたとしても、
女の先生なら恥ずかしくないか!!)
そう思い立ち、勇気をだし
『じ、実は、お腹が出てるのが気になってて…』
と告白をはたした。
お腹を触った先生の顔がゆがむ。
『う〜ん。確かに張ってるね〜。
ちょっとCTとったほうがいいかも。』
と言われ、CTをとりふたたび内科へ。
先生『あのね、CTを撮ったら
卵巣に腫瘍があるみたいなの。
私は専門医じゃないから、これが、良性なのか
悪性なのかわからないから、

婦人科にまわすから
そっちで詳しく話聞いてもらえるかな？』
へ??? しゅよう??? なんすかそれ??
思いもよらない言葉に、
ただ、ただとまどうばかりだった。
そのまま速攻
婦人科へまわされ、
人生初の婦人科にて
人生初の内診台に座る。
頭混乱中のため足パカー開いてる
恥ずかしさなんてゼロ!!!!
婦人科の先生のはなしをきく。
わたしのその時の状態は
片方の卵巣がありえないくらい巨大にふくれあがり、
他の内臓を圧迫していた。
何だか白いモヤモヤが
うつってることからしても
良性ではない。と言われた。
CTではじめて画像をみせられた時、

わたし『腫瘍ってどこすか？』
先生『この白いの全部ですよ。』
わたし『え!!?? 白いのってお腹全部じゃん!!!』
びびるなんてもんじゃない。
だって他の臓器何もみえないくらい、
卵巣がふくれあがっていた。
いや、もう笑うしかない。
笑ってしまうでかさ。
妊婦〜♪なんてネタにしている
場合ではなかったのね。まじで。
M病院では、うちじゃ診れないから
おっきい病院にいきなさいと言われ、
C病院を紹介された。
C病院に行く道を
一生懸命説明してくれる看護師さん。
3人がかりで
焦りながら説明する姿をみて、
これはただ事やないんやな!! と感じた。
帰り道、お母さんに電話をかけ

ピーチクパーチク泣いたのを思い出す。
病気が怖いんじゃない。
何も知識がなさすぎて、
先生の話す言葉が
理解ができなくて
わたしこれからどーなっちゃうのよー!!!
っていうわからない恐怖が大きかった。
婦人科系の癌に限らず、
初期は何も症状がないことがとても多いそうです。
症状がでたころには
かなり進行してることも少なくない。
まさか自分がこんなことになるなんて
夢にもおもわなかったよ。
だって風邪ひいたー
と思って病院いって
ちょびっとだけ
前から気になってたぽっこりお腹のことを
サラッと聞いたら、
違う病気がみつかるなんてさ。

病院いっときゃよかった。って
わたしみたいに後悔してからじゃ遅いんです。
完全に見た目に症状でてたのに、
ただの食べ過ぎとかやったら恥ずかしいから
なんて言うおバカな理由で病院にいかなかった。
聞くは一瞬の恥
聞かぬは一生の恥
もし、あの時、
お腹のこと聞いていなかったら…と考えると
さらに怖い。
ぜひとも病院にいって
検診をしましょう!!!

二〇一一年一〇月三〇日
25歳最後の日～26歳の幕開け
わたし早生まれで
誕生日が一月なのです。
どうでもいい情報でした。

二〇一一年一月七日
C病院へいざ!!!
婦人科の癌専門医に診てもらう。
癌専門医と聞いて
はじめて自分が
癌かもしれないんだ!!　と理解した。
その日は軽くお喋りして
婦人科系の癌検診をすべて受け
帰宅。
25歳最後の夜。
26歳の自分に向け
がんばろーぜとエールを送った。
二〇一一年一月一二日
C病院で受けた
癌検診の結果と今後の打ちあわせ。
子宮癌子宮けい癌
などの検査は問題なし。
やはり問題なのは
巨大卵巣腫瘍さん。

手術をすることが決まる。
が、
しかーし!!!
なんせ今や2人に1人が
癌患者と言われる時代。
最短での手術日程が三月一六日。
ちょいちょいっ、
まだ二ヵ月も先なの???
そんなに待ってたら
卵巣破裂しちゃうよ!!!!
実際、日に日に
腹がでかくなっているように感じていて、
夜中は5〜6回はトイレに起きるようになっていた。
三月まではさすがにつらいため、
母が地元近くの
G病院で手術できないか
と先生にたずねた。
その場で直接電話をかけてくれる
C病院の先生。

G病院からは
明日すぐに来てください!! と言ってもらえた。
二〇一一年一月一三日
G病院にて
昨日の電話の時点では
五月の手術予定を組んでいたG病院。
わたしが緊急性ありと判断してくれ
すぐに手術予定を組み直してくれた。
G病院の先生には
破裂する恐れがあるから
あまり動かないでください!! と注意をうけた。
破裂した場合は全摘出になると言われ、
びびりまくって
本当の妊婦さんみたいに
お腹を守って生活をした。
悪い腫瘍を守るなんて
へんなかんじ。
それにしても
G病院の行動の速さ柔軟性

本当にありがたいと思った。
二〇一一年一月二〇日に
手術決定!!!!
術前の診断では、
良性と悪性の間の境界悪性。
境界悪性なら
再発の例もないということだし、少し安心した。
とにかく治すことだけ考えて、
いざ、手術へ!!!!

体にある模様のお話
二〇一一年一〇月三一日

二〇一一年一月二〇日
内視鏡の手術にて
巨大卵巣腫瘍摘出を行う。
手術前に単純CTしか撮らせて
もらえなかったわたし。
手術してみないと

左右どちらの卵巣が
巨大化しているかわからない状態だった。
MRIを撮れば
わかることなんですが……
なぜ、わたしがMRIを
撮らせてもらえなかったかと言うと、
《TATTOイレズミ》が原因です。
ちょうどお腹辺りに
入れてあったことと、
G病院は以前
イレズミを入れた人がMRIを撮り、
ひどくヤケドをおった例があるらしく、
イレズミヤローのMRIはお断り!!!
なのだそうだ。
若気のいたり! コノヤロー!!
実際手術してみないと
何もわからない恐怖と
イレズミ入れた後悔。
とても凹みましたよ。

イレズミ入っている方、
不安になったかもしれませんが、
この話には実は後日談があります。
会社の後輩が
彫り師さんに聞いてくれた話。
『は?? MRI撮れないとか、どこのヤブ医者なのよ!!
ぜーんぜんMRI撮れるから!!
わたしなんてガンガン撮ってるから!!』
と言われたのだそう。
二、三〇年前のめっちゃ色に
こだわってるような
和彫りのインクには
MRIの磁気に反応してしまう
金属が含まれているものもあるが、
最近のオシャレで入れるような
イレズミのインクは
タトゥー協会が認定した
しっかり検査をして
検査をパスしたインクしか輸入しないため

安全!! 安心!! らしい。
『ていうかね、MRI撮れないとかいったら、
アメリカなんてどーなっちゃうのよ。
みんな撮れないよ?』
た、確かに…。
この彫り師さんは女性なのですが、
病院とイレズミの関係性に詳しいのには
理由がありました。
乳癌で
失ってしまった乳輪を
イレズミで着色する仕事を彼女は病院から頼まれて
行なっているそうだ。
そんな場所に入れてMRI撮れません。
なんてなったらえらいこっちゃだよ。
だから安全なんだな。
と確信がもてた。
この話を聞いて、
すごくすごく安心した。
ネットとかで調べてみても、

この件の詳しいサイトなんてなかったし、
ＭＲＩとれないって本当ですか？
系の質問ものが多かった。
今回の話が聞けなかったらわたしは
一生ＭＲＩ撮れないと思いこんで生活してたかもしれない。
知識がないから病院の先生のいうはなし
そのまま受けとめてしまう。
ＭＲＩ撮れずに病気の原因がわからず、
助かる命も
助からないなんてなったらとても悲しいことです。
病院の先生たちは
病気のこと以外にもこういった知識も
持っていてほしいなと感じました。
まあ、もとはといえば
わたしがイレズミ入ってなければ、
何も問題ない話なんですけどね……

二〇一一年一〇月三一日

解放された人たち

二〇一一年一月二〇日

無事手術終了。

手術は1時間半で終了。

ヘソを3センチくらいきって、

まずは卵巣の中にたまった

腹水をぬき、卵巣をしぼませてから

腫瘍ができている部分を

やぶれないように外に出し、切る。

そのあと残りの卵巣もズルズルっと

引き出す方法で摘出された。

しぼんだ状態でも直径

約15センチ〜20センチあるんやないか!!

ってくらい巨大な卵巣だったみたいです。

先生には、『まったく、

お洋服関係の

仕事してるのに、自分の体が

おかしいことに気づかないなんて……。』

と呆れられるデかさ。
お恥ずかしいかぎりです…。
術後、経験したことのない痛みに我を忘れて
痛がるわたし。
痛み止めなんて気休めにもならない!!!
『こんなに痛いなら、痛くなくなるまで
麻酔でねかせとってくれりゃいいのに!!!!』
とキレる。
あまりに痛がるわたしの気を
まぎらわせようとおとんちゃんが
ヘラヘラしながらギャグを披露。
こんなに娘が痛がってるのに!!
ありえんわ!!
とさらにキレまくるわたし。
おとんちゃんあの時はごめんね
先生には
『こんなに痛がる人もめずらしい』
と言われた。
確かに、

ヘソ3センチも切ってないくらいの傷口なのに…。
痛みがなくなると、
今度は、内臓ちゃんたちが
お腹の中でゴロンゴロン
暴れるのが気持ちわるい。
きっと何年もの間
卵巣ちゃんに圧迫され続けてきた
その他の内臓ちゃんたち。
解放されたぜ――!!!! イエッフーイ!!!!
動き放題だぜー!!!!
と言わんばかりに暴れまくる!!!
しばらくは
このゴロゴロ内臓ちゃんに悩まされました。

FRONT

二〇一一年一一月二日

マーラの正体

　ここまでの長い長い
前置きを読んでくれた方、
ありがとうございます。
わたしから
摘出した卵巣と腫瘍の病理結果!!!!
左卵巣腫瘍。
なんだかよくわからん細胞が
いっぱいあったらしいけど
最終的に粘液性腺癌であることが発覚。
術前の境界悪性の診断は一変し
悪性の診断に!!　まじか。
でも、初期の段階だったため
(あのデかさで初期なことにびっくりする)
化学療法は行わず、手術療法のみで、
定期検診を受けていくことになりました。
よかったよかった♪
でも、悪性だったということは

もちろん再発の可能性は
ゼロではなくなったわけで。
卵巣癌は
『サイレントキラー』と呼ばれるくらい
症状がでない病気です。
婦人科系の癌は
このサイレントキラーがとっても多いのだ。
わたしなんて完全に見た目に
症状でてたのに……
お腹痛かったり
気分が悪かったりしなかったから
太ったのかしら？　くらいにしか思ってなかった。
・お腹がでてきた。
（張っているお腹が特に注意）
・頻尿になる。
（わたしは毎日夜中トイレに5、6回は起きていた）
・下腹部の違和感
こんな症状があったらすぐに、
婦人科産婦人科

レディースクリニックへＧＯ!!!!
婦人科系の病気は
卵巣癌以外にも
子宮癌子宮けい癌など
さまざまな病気があります。
どれも初期なら治る可能性は
高いので
一年に一度は
検診にいきましょう!!!!

日々の（ビールの）泡

二〇一一年一一月二日
約一ヵ月の療養を経て
二〇一一年二月一四日
無事に会社復帰!!!!
自分が病気だったのなんて
嘘だったかのように
元気になり

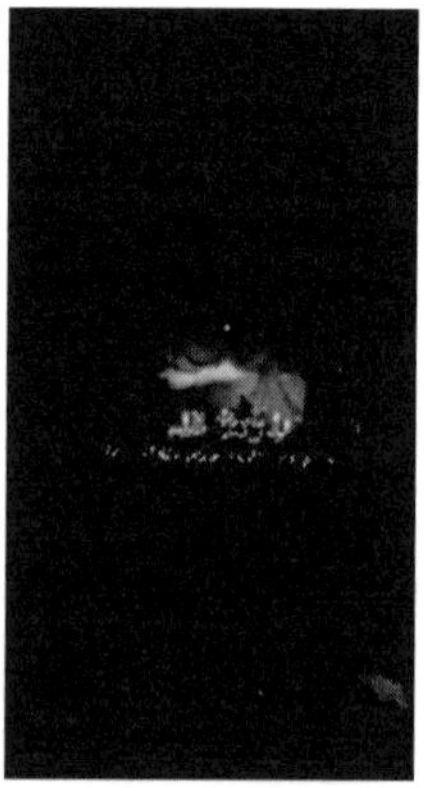

モリモリ働いた。
わたしの会社は
若い女の子が多いからか
みんなすごく仲良しで
久しぶりにみんなに会えて
仕事が出来ることが
すごくうれしかった!!!
働けるってさいこーだぜ!!!!
当たり前って
実はすごくすばらしいことなんだと
病気になって実感した!!!
定期検診は
続けてしなきゃいけない
以外は
普通の人と何もかわらない
普通の生活が送れるようになった。
七月には毎年これを楽しみに生きている!!!!
ってくらい楽しみにしている、
フジロックフェスティバル２０１１へも行けた!!

病気になって半分諦めてたけど
三日間ともキャンプと
音楽を思いっきり楽しんだ♪
他には友達と
飲み歩いたり
ＢＢＱしたり
買い物したり
カラオケいったり
もうすっかり
自分が病気だったことを
忘れて過ごしていた。
わたしの中では過去の出来事に
なりつつあった。
そんな術後半年をむかえた。

二〇一一年一一月二日

新たなはじまりとマネーについて

　フジロックが終わって
すぐの検診にて
腫瘍マーカーに上昇がみられた。
正常値より20くらい高い。
腫瘍マーカーとは
血液検査で体の状態を
確認する数値みたいなもの。
ただ、わたしの卵巣癌に
反応する数値ではないこと
この程度の数値はタバコをすったり
お酒を飲んだりしても
多少上昇することがあるため
次回の検査でまた上がってたら
PET検査するからね。
と言われた。
だからわたしも、
『タバコはさすがに吸わないけど、

酒、めっちゃ飲んでるもんな〜。てへ。』
ってあまり
気にしていなかった。
そんな中、わたしは
長年働いた職場から
新しい職場への転職を決意していた。
病院代って結構な値段するし、
これからしっかり生きていかないと!!
なにかあったときにしっかり稼いで
たくわえておきたい!!! と。
実際今回の病気で
わたしは蓄えがなくオロオロして
お金のことが心配でたまらなかった。
いきなり病気を宣告されたら
誰だってお金心配になるよね。
親が、わたしの保険をかけて
くれていたからそのおかげで
入院や治療費なんとかなった。
金のかかる娘でごめん!!

と何度おもったことか。
あとね、これは入院の時のみ
に使えるのだけど
『限度額適用認定証』
っていう証明証を申請しておくと、
すごくいいです!!!
自己負担限度額までの
医療費しか請求されないのです。
(部屋代、食事代などは含まれない)
わたしは会社員で、
社会保険に加入していたので
会社の事務の人に聞いて
認定証を発行してもらいました。
『高額療養制度』も使えるけど、
これは
たかーい医療費を先に全部払って、そのあと
申請したら、自己負担限度額を超えた
部分が払いもどされるもの。
でもこれだと実際キツイ…。

戻ってくるとはいっても
申請してから何ヵ月も先だし。
だから、入院だったら
『限度額適用認定証』とるのがよいです。
経済的負担軽くなります!!
ネットとかにも詳しいサイトがあるので
おっ!! って思う人は
是非調べてくださいね。

二〇一一年一一月三日
ケンサ☆パラダイス
退社が八月三一日に決まった。
次の仕事も決まった。
よっしゃー!!! やったるぜ――!!!!!
と気合いをいれまくる日々。
退社の日と同じ二〇一一年八月三一日
定期検診にて、
『一ヵ月前より、

マーカーの数値上昇してるね。ＰＥＴやりましょう。』
と告げられる。
この時点でのわたしのマーカーは
許容範囲より２００くらい高い数値。
前回よりかなり上がっていた。
（まじかよ…。今日で会社辞めるのに…。
新しい会社いけるんかいな。）
不安だ……。
病院のため
会社に、重役出勤しても
気分はのらない。
仲良しのＯちゃんには
検査することになったことを報告した。
九月一日からは
会社の子たちには会えなくなる。
わたしに会社のみんなが餞別に
花束とチェアハンモックを
プレゼントしてくれた。
病気になっていたことを

知っている人たちと別れて、
新しいスタートをきることへの不安。寂しさ。
今までの感謝。
色んな想いが溢れてしまい、
会社で涙がとまらなかった。
本当にダイスキな人たち
ばかりがいる会社。
今でもみんな連絡くれるし。
大好きすぎるよ!!!
しかし、
二〇一一年九月一日からの約一ヵ月。
わたしは週に2回の検査に追われ、
新しい会社にはいかなかった。
(正しく言えば、新しい会社もまだはじまっていなかった)
PET検査の結果
肋骨とS字結腸に怪しい部分あり。
腫瘍マーカーの
上がっているのが、
よく消化器系の癌で

上がる部分だったのもあり
☆造影剤CT
☆胃カメラ（泣いた）
☆大腸内視鏡検査（下剤がまずい）
☆MRI（イレズミまったく問題なし）
☆ダイナミックCT
（名前だけで検査するの楽しみにしてたやつ）
☆腹部エコー（くすぐったい）
さまざまな検査を受けた。
人間ここが悪いかも
って言われると本当に、その部分が
調子悪い気がしちゃうのですね。
わたし、胃カメラやる前
『そーいえば、最近、朝起きると胃が痛い…。』
って言ってたよ。
実際、
疑われた消化器系の
胃や大腸は
『ちょーキレイだよ☆』

と言われた。
まじで、
『病は気から』
って本当にそのとおりだと実感しました。
検査の結果、
今まで通っていたG病院が、
『オレっちだけじゃ、もうわかんねーっす』
的なノリになって、
新たなる病院
D病院へ行くこととなったのである。

二〇一一年一一月三日
やさしさで出来ている人
二〇一一年一〇月六日
D病院へ
今後の展開について話を聞きにゆく。
検査中の約一ヵ月の間にも
何回かD病院に足を運んだが、

やはり、
今後はD病院が主になる模様。
D病院の主治医となる先生は、
今まで出会った先生の中で一番やさしい!!!
声をかけられるだけで
涙がでちゃいそうなくらい物腰がやわらかい!!!!
今まで色んな病院にまわされ、
正直、そのたびに疲れてた。
この先生はしっかり目をみて
本当に、言葉を選びながら
大切に時間をかけて
話をしてくれる。
すごく安心した。
検査の結果はというと
『再発と転移がみられる』
という最悪な結果だった。
ただわたし
自覚症状まったくないから
そう言われましてもあーそうですか。

ってかんじで、
別にショックとか感じなかった。
先生が
『どうしてもね、画像診断だけでは
わからないことや、
写ってない病気がある
可能性はゼロではないから
出来れば、今できている病気の把握のために、
一度、お腹を開腹して、みせてもらって、
病気の程度を確認してから
治療方針を決めたいのだけど、どうかな？』と、
やさーしく聞いてくれた。
先生
『お腹は、どうしても
傷になっちゃうから、
もし、傷になるのに抵抗があるなら、
無理にとは言わないし、
他にも方法はあるんだけど。』
やさしすぎるぜ先生。

今での先生の中には
『そんなに心配なら、腹きってみてみりゃいーじゃん』
って言う人もいたの。
言い方って重要だぜ先生よ。
わたしは、ちゃんと、
自分の中におきている
病気をしっかり把握して
きっちり治したい!!!!
だから、開腹手術を選択した。
確認のための手術。
開いてみて取れそうなものがあれば取る。
そういう方針で進むことに決定!!!!
手術までは2週間時間がある。
その間には楽しみにしている
野外音楽&キャンプイベント『朝霧ＪＡＭ』
へ行く予定が入っていた。
先生から質問ある？
の問いかけに、真っ先に
『一〇月八、九日と静岡に旅行いくんですけど、行ってもいいですか???』

って聞いた（笑）
先生から了解を得て、
おもいっきり楽しもうと決めた!!!

二〇一一年一一月三日
It's a ビューティフルデイズ
二〇一一年一〇月八、九日
静岡県　朝霧高原にて
朝霧ＪＡＭ２０１１!!!!
キャンプをしつつ音楽を楽しむ
自然いっぱいな野外イベント♪
２週間後には手術。
そのことを忘れて楽しんだ!!!!
ＢＢＱ
天体観測
ライブ
ポイ
コースター作り

ホットラムチャイ
すべてがさいこ――!!!!
なにより感動したのが、
富士山からの朝日。
太陽が上がる一時間も前から
スタンバって
太陽がでた瞬間、
すご――くあったかい!!!
太陽ってすごい!!!
なんだかね、
色んなこと考えてたけど、
生きてるってさいこーだなと思ったよ。
ステキな2日間だった。
手術がんばろーと思ったよ。
二〇一一年一〇月一八日
入院日。
この3日前に悲しいお別れをしました。
おじいちゃんが急に亡くなり、
わたしの入院日前日が

お葬式でした。
畑いじりやきのことり
木工品を作ったり
多趣味だったじいちゃん。
口数は多いほうではないけど、
わたしはじいちゃんが大好きだ。
おしゃれでイケメンなんだよ!!!
あまりに突然すぎて
心の準備もできないままだった。
悲しい気持ちを抱えたまま
入院となった。
生きてるといろんなことに
サヨナラしなくちゃいけない。
でもきっとサヨナラからはじまることが
たくさんあるんだよね。

二〇一一年一一月三日

光と影

今回の入院中はよくハナレグミの光と影
という曲を聴いた。
二〇一一年一〇月二〇日
開腹手術。
約3時間かかったらしい。
前回のヘソ3センチ切っただけの手術で、
ありえんくらい術後が痛かったから、
今回なんて10センチは切るって
聞いてて、
かーなーりびびってた。
麻酔から一瞬で目覚め、
痛み止めの副作用で
吐き気はあるものの
痛くない!!!!!
手術から病室に戻ってすぐ
体を横向きに動かせるくらい。
夜もぐーぐー眠れた!!

前回の内視鏡のときは
いったい何だったの⁇
と思ったよ。
後々におとんちゃんと
話してて、
たぶん『タバコ』
がかなり関係してるんやないか。
という結論に達した!!
最初の手術はタバコ吸ってるやつは
手術できない!!
って言われてギリギリラインの
2週間禁煙での手術だった。
タバコ吸ってる人って
どうやらかなり
術後しんどいらしいです。
今回は半年禁煙してての手術。
うむ。
これは関係ないわけではなさそう。
タバコは

百害あって一利なし!!!
時間をかけた自殺
とか言われてるのがわかった。
禁煙をおすすめします!!

二〇一一年一一月三日

サヨナラCOLOR

前にもいったけれど、
生きてるといろんなことに
サヨナラしなくちゃいけない。
術後、おかんちゃんが
摘出したものとかの
説明をうけて、
先生より先に教えてくれた。
今回の手術はすごくすごく
意味のあるものだったそうだ。
先生も開いて確認して
閉じるだけ、を

想像していたらしいが、
実際にお腹パカしてみたら、
転移が広がっていたみたい。
実際画像では
怪しいものが2個写ってたけど、
開いてみたら4つあり、
他にもうつらなかった
小さな悪いヤツがいくつもあった。
目に見えない
触って怪しいと思う部分も切除した。
無事だと思っていた
右側の卵巣の表面にも
悪いヤツがいた。
だから、転移してしまった以上
右側の卵巣と子宮も
摘出したのだそう。
とにかく悪いヤツで取れるもんは
ぜーんぶ取ったそうだ。
『卵巣と子宮もとったって』

と言われて、
あ、やっぱりとっちゃったんや。
と思ったよ。
なんとなく予感がしてた。
我ながら
つーことは
子供は産めないのよね。
って冷静すぎるくらい
冷静に受け止めた。
最初の手術で
左卵巣を摘出したあと
G病院の先生が
検診にいくたびに
『早く結婚して、
早く子供をうめー。』
と毎回毎回言ってた。
それはこういう
最悪な事態を
想定して、言っていたんだな。

と。
でもまさか
こんな早くに
サヨナラがくるとは思ってなかった。
受け止めなければいけない現実。
お母さんやお父さんの
気持ちを思うと
辛いな――。
わたしの孫みせてあげたかったよ。
わたしは想像していたよりは
ショックはなかったけど
わたしよりまわりに
心配かけるのが辛いわ。
それでも
生きていかなきゃいけないから、
がんばっぺ!!!!

二〇一一年一一月四日

伝えようとすることを今オレは諦めない!!

さてさて、

今までのながったらしいことを、

すべておまとめして伝えたいこと!!!!!

2回の手術を経て今の状態。

卵巣癌の中の『粘液性腺癌』

という種類の癌になったわたし。

こいつは卵巣癌の中でも

10%の人しかならない

比較的珍しい癌。

それを一回目の手術で

卵巣ごと摘出したのよ。

そして2回目の手術は。

再発と転移です。

一回目の手術から半年しかたってないのよー。

『腹膜播種』

卵巣癌からの転移で

30%をしめるのがこの腹膜播種という癌。

名前の通り、
お腹に種（癌）を撒き散らす
やっかいな悪魔ちゃん。
『肋骨転移』
癌は骨にだって皮膚にだって
血液にだってできるんだよ!!!
この手術で残りの卵巣も子宮も
ぜーんぶ取りました!!
つまりわたしは
一生生理とはサヨナラ、
妊娠はＮＧになったのです。
そして
来週から化学療法の治療がはじまります。
要は、よくドラマとかである光景。
ハゲラッチョチェケラッチョに
なっちゃうＹＯー!!!!
比較的、初期の癌だった
と言われたわたしでもこの有り様でっせ??
発見が遅くて

進行しまくった癌だったら
どーなってたか
想像するだけで怖いよね。
ブルッちまうぜ。
逆にわたしはもう
病気になっちまったから
治療してるしなんも心配いらないのよ!!
病気になってない健康な体でいる
人たちのことが
心配でたまらないのよ!!
今や癌って2人に1人の時代だよ!!!!
毎年35万人の人が
癌で亡くなっています!!
人事ではないよ!! 明日は我が身!!!
ちゃんと検診に行って!!
ってことをどうしても、
しっかり伝えたかった!!!!
今までも会う友達には
検診を勧めてきたけど、

実際検診いったよ☆
ってわたしの耳に入ってきたのは、
実のおねーちゃんだけなの。
ラブおねーさま☆
婦人科系の癌は
『サイレントキラー』(物言わぬ臓器)
って言われてるくらい
初期は自覚症状がなく、
症状がでたときには
かなり進行していることが少なくないのだよ。
最悪子供が産めなくなるよ。
それどころか、
普通の生活もできなくなるよー
むしろ死ぬことだってもちろんあるよ!!
婦人科系の癌は卵巣癌以外にも
子宮癌
子宮けい癌
子宮たい癌
とか色んな種類の癌がある。

最近教えてもらった
子宮けい癌になったわたしより
ひとつ年下の
ギャルの女の子のブログ。
子宮けい癌は
予防が出来る癌。
予防ワクチンも認可されたし。
SEXの経験のある人なら
すべての人が
なる可能性のある癌だよ。
興味ある人は
是非読んでみてほしいです!!!
泣けるし笑えるよ☆
わたしは、実際に癌患者だから、
この子のブログはすごく元気をもらえる。
わたしもガンバロー!! って
めっちゃ勇気がわくよ!!
彼女は子宮けい癌がなくなることを願って、
検診いけ!!!! ってめっちゃいっているよ。

だから、わたしも言う!!
検診にいってくれ!!!
症状が出てからじゃ遅いよ!!
・下腹部の張り、痛み
・不正出血
・おりものがにおう
・おりものの色が変
・夜中に頻繁にトイレに起きる（わたしはこの症状がありました）
・腰がズーンと重いかんじが続いている。
なんかの症状がある人は
明日にでも病院いってください!!!
女子にしか
関係ない話だと思わないでほしい
男子くんたち。
子宮けい癌の場合
予防のひとつにコンドームをつける!!
ってのがあるんだよ!!
大切な彼女が癌になったら
悲しいよね??

まじで人事じゃないよ――
例えば検診に行きたいけど
一人じゃ不安だっていう彼女を病院に
つきそってあげるような
ステキな彼氏になってほしいと、
わたしは願ってます。
かわいい我が子をうんだ
お母さまたち、
大切な家族のためにも
ガン検診してください。
かわいい子供のためにも
元気なかーちゃんでいてください。
癌は婦人科系にかぎらず
肺や胃や大腸やら
男女関係なくなる病気だよ。
一年に一度
の検診が理想的!!!
個人的にいく場合、
婦人科系の癌検査は

婦人科
産婦人科
レディースクリニック
などで『婦人科検診したいです』
って言えば受けれます。
病院によって色々違うので、
まずは、行く前に病院に電話して
婦人科検診受けたいけど、どうすればよいか
聞くのがいいです。
生理中じゃない日に
検診うけてください。
それか、
会社勤めの人は定期的に行われる検診で
＋で婦人科検診も受けるといいと思います!!!!
会社勤めじゃない人は
毎年市町村で実施してる
検診が受けれます。
２０００円前後だそうです。
婦人科検診の費用は、

病院や診察の内容によっても違うけど、
だいたい
5000円～20000円。
他にも、加入している
保険組合のサイトとかのぞいてみると、
癌検診のお知らせして
やってるところあるよ!!
この場合かなり安く検診受けれるから
要チェック!!!!
(わたしがみたのは子宮けい癌検診で300円だった)
わたし、病気になるまで
病院代ってもったいないなし
病院嫌いだし、
自分には無縁の場所だと思ってた。
癌の知識なんてまーったくないし。
もし、こうやって
検診いけよオラ!!
って言われても、
ピンとこなかったかも。

でもそんなわたしも
なりました、癌に!!!!
毎日当たり前に仕事して
当たり前に友達と遊んで
当たり前に恋愛して
当たり前って
すごくすばらしいことだよ。
病気になったら
当たり前が出来なくなっちゃうのよ。
当たり前のすばらしい毎日を送るためにも
検診へ行ってほしいです!!!!
伝わるか伝わらないかなんかは
関係ない
伝えようとすることを
今オレは諦めない!!!
そんな気分です。
検診イケイケおばさんからのお知らせでした☆
来週からのブログは、
現在進行形になる予定!!

抗がん剤治療はじまる前に
今までの経過をおまとめしました!!
読んでくれた方々に感謝!!!

二〇一一年一一月六日
体のためにやっていること
退院してからやっていること!!!
粗塩をフライパンでいためて
厚手の袋に塩をつめて
服の上から患部にあてる!!
これあったかくて気持ちイイです!!
ガン細胞は熱に弱いときき、
毎日やってます!!!
塩シップは体の中まであったかくなるので、
すごくいいみたい。
とにかく体を冷やさないことが
大切なので、
これからの季節

塩シップとフルもっこ（フルでもこもこ）
でいきたいと思います!!!

二〇一一年一一月八日

断髪式だぜ

さて
今日から化学療法治療のため
1週間の入院です!!
予定では3週間に1回の抗がん剤投与を
6回やります!!
最初の一回目は
副作用の程度を確認するため
1週間入院するのだそうです。
入院前の治療説明のときに
『髪の毛は短く切ってきたほうがいいよ!!』
と先生に言われたため
バッサリ切りました!!
はじめて行く美容院やったけど、

青文字系のポップな
かわいいスタイリストさんがいる
いいかんじの美容院でした☆
しかもカット3000円!!! 安い!!!
わたしが髪を切る理由なんて
もちろん何もしらない
スタイリストさんは
『伸びてきたら〜（写真をみせながら）
こんなかんじになりますよ〜』
と楽しそうに教えてくれたが、
（いやいや、伸びる前にハゲるから（笑））
と心の中でツッコミをいれておきました。
ピースの又吉そっくり〜と言われていた髪型から、
（わたしの中では水原希子ヘアーのつもりだったけど）
木村カエラちゃんヘアーに大変身を遂げました!!
この髪型がすごく気に入ったよわたし!!
でもしばらくすればハゲラッチョだしな〜
短い間やけど
木村カエラヘアーを楽しみます!!!

うふふ。

二〇一一年一一月八日

髪型遍歴

やっぱり女性にとって
抗がん剤治療による脱毛って
辛いものなんだと思います。
きっと。
わたしはと言うと、
不謹慎だがむしろ楽しみます!!!
人生にしかも若さあふるる時期に
スキンになれることなんてないしね!!!
奇抜な髪型に抵抗がない。
それは
10代〜20代前半にかけては
かなーりのハチャメチャな
髪型をしてきたためです。
白髪の坊主に憧れた

時期もあるよ。
虹にある色は一通りすべてやったと思う。
成人式では髪の毛バリカンで刈ってある髪型で
振り袖着てたし…。
お友達いわく
『ａｎ・ｉちゃん歩くと、
人混みでも、道があくからね〜。』
モーゼかよ!!
そんな、時代をすごしました。
今じゃすっかり落ち着きました!!
つるつる頭をなでなでしつつ
カツラをたくさんコレクションして
色んな髪型を楽しみたいと思います!!
いまはファッションでヅラを
楽しむ時代だから
かわいいヅラたくさんあるしね!!
つけまだってあるし
眉毛なんて元々ないようなもんだし
いい時代にに生まれて

本当によかった!!
明日からついに治療開始。
気持ち的にどうなるか
すこーし心配だけど
明るく元気にがんばりまーす!!!!

二〇一一年一一月九日
治療スタート!! 1回目
二〇一一年一一月九日
11時 抗がん剤点滴スタート!!!
TJ療法という治療らしいです。
錠剤5錠のんで
副作用予防と胃薬、
吐き気止めの点滴が入ります。
はじめの1回目は翌朝まで
心電図がついてます。
つづきましてー
パクリタキセル（タキソール）という

イソギンチャク類も含む

クラゲ類 刺胞《しほう》動物門
3綱 約9400種

分布 海洋、自由遊泳性もしくは底生

特徴 細胞が組織をなす(組織段階)
放射相称の動物。触手と刺胞をもつ
体壁は2細胞層
その2層の間には原始的な非細胞性のゼリーのような中膠の層がある。
生活史には自由遊泳性のクラゲと定着性のポリプというはっきりした相がある

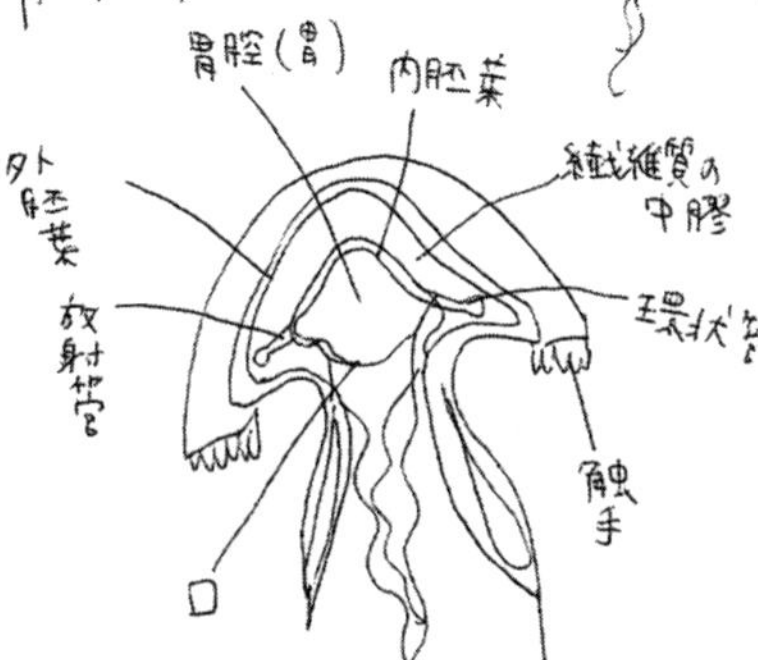

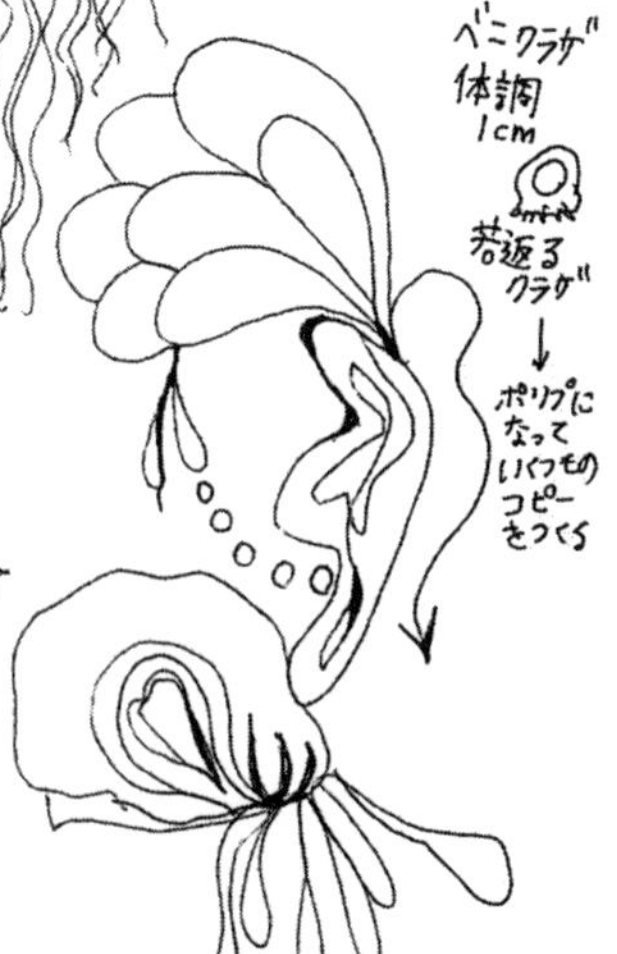

抗がん剤を
3時間かけていれます!!
このお方がゲーハーになる
原因の強い抗がん剤みたいですよ。
しかもこれ、アルコールが入ってるらしく、
お酒弱い人は
フラフラしたりぽーってなるみたい!!
わたしは酒強いから大丈夫!!!
ただ久しぶりのアルコールでちょっと
眠くなって爆睡したー!!
つぎはカルボプラチンという
抗がん剤を
1時間かけて入れる。
最後に生理食塩液で
点滴の管に残った
液をすべて体に流し込み〜の
終了!!!!!
おつかれっした!!!!!
看護師さんたちが

吐き気やアレルギー反応や異常があったら
すぐナースコールしてね!!
って何回も言うもんだからすんごく
ビクビクしてたけど、
点滴中は何事もなく終わりそうです☆
腹へったなあ〜
今日のごはん何かたのしみだ!!!!!

二〇一一年一一月九日

号外♪

フジロックが
まさかの年内開催告知しとるやんけ!!!!!
テンションあがるわ♪
これ目標に治療がんばるし!!!!
先生に行ってもいいか
一度きいてみなくっちゃ♪
目標があるとやっぱモチベーションが
かなり違いますね♪

今日もよく眠れそう♪

二〇一一年一一月一〇日

癒し療法

目立った副作用は
まだ出ていません!!
朝起きた時に
すこーし胸ヤケを感じたくらい。
今日は化学療法外来の説明があります!!
2回目からの投与は外来でやります☆
話はかわりますが、わたしの居る病院は
看護師さんがかわいこちゃんばかり!!
そしてみんないいひと!!!
まじで癒されるわ〜♡
お友達にこの話をしたところ
かわいい子をみて癒されるのも
治療のひとつになるかもよ!!!
と言われた。

確かにー!!!
女のわたしでさえ
癒されてるんだから
これが男性だったら
なおさらだよね☆
我が家のかわいこちゃん

再会

二〇一一年一一月一〇日

今日は嬉しいことがありました!!
手術で入院したときの
担当看護師のかわいこちゃんが
わざわざ仕事終わりに
会いにきてくれました!!
彼女は新人さんだから、
色んな科に研修にいっているため、
今は婦人科にはいないのです。
癒された〜☆

ヤツがついにやってきた!!!

本当にやさしいし
ステキな看護師さんに囲まれて
幸せだ!!!!
副作用がだいぶでてきて
ゴハンが食べれなくなってきた——!!!
二日酔いみたいなかんじ!!!
でも嬉しい再会のおかげで
元気になれたから
がんばる!!!

二〇一一年一一月一三日
ヤツがついにやってきた!!!
副作用、
そう
それは、
『二日酔い』
ついにやってきたぜ!!
副作用というやつが!!!!

わかりやすく例えると、
二日酔いです。
きもちわる〜くって体がいたくって
ゴハンが食べれませんでした!!!!
でも気持ちだけは
負けたくなくて
涙目になりながら心の中で
しねぇーガン細胞ぉおぉ――!!!!
負けてたまるかぁーぁー!!!!
って言いまくってました（笑）
二日酔いを乗り越えて
明日退院です☆

仮出所

二〇一一年一一月一四日

血液検査の結果もバッチリで、
無事に退院をはたしました!!!
お迎えにきてくれたおとんちゃんが

小首をかしげ
『出所おめでとーごぜいやす。』
と言ってきた（笑）
うける（笑）
久しぶりに、実家ではなく
一人暮らししている
アパートへ帰宅しました!!!
布団干したり
洗濯したり
掃除したり
なんか楽しい（*^.^*）
普通に生活できるって
ステキね!!!!
と改めて感じた今でした。

二〇一一年一一月一四日

出所祝い

出所祝いに
同じ会社だった0ちゃんが
ごはんをごちそうしてくれました!!!
病院ネタしかない
わたしの話を聞いてくれて、
すごーくすっきりした!!!!
ふたりで笑い転げて
楽しい時間でした☆
笑うってすごくいいね!!
病気ふっとぶと思う!!
0ちゃんわたしより3つも下なのに
ちょーしっかりしてるよ。
わたしおねいさんなのに
相談のってもらいまくり(笑)
今日みつけた衝撃的なのりもの(笑)

二〇一一年一一月一八日

幸運のまえぶれ

彩雲という雲らしいです!!!
昨日でていたみたい☆
先輩のFacebookから
画像いただいてしまいました（笑）
エチオピアでは幸せのまえぶれ
って言われる雲らしい〜キレイ!!!!
体調はバッチリ回復してきました。
あとは抜け毛をまつだけ（笑）
お暇なので編み物しよーとおもいます。

二〇一一年一一月一八日

毛玉展1

ニット帽つくりました♪
とさかみたいな部分がポイントです!!

二〇一一年一一月二〇日

毛玉展2

すっかり
副作用の吐き気がなくなり
元気になったわたし。
元気すぎて暇!!!!!
遊びにいきたい病にかかってます!!
この調子なら抗がん剤治療中
働けるんやないかしら?
とひそかにおもってるくらい元気です!
今度先生に聞いてみよう!!
暇をもてあまし中なので
今日はヘアゴムを作りました☆
まだゲーハーではないけど、
結ぶ髪の毛なんてないぜ（笑）
水玉ちゃんが
お気に入りです☆

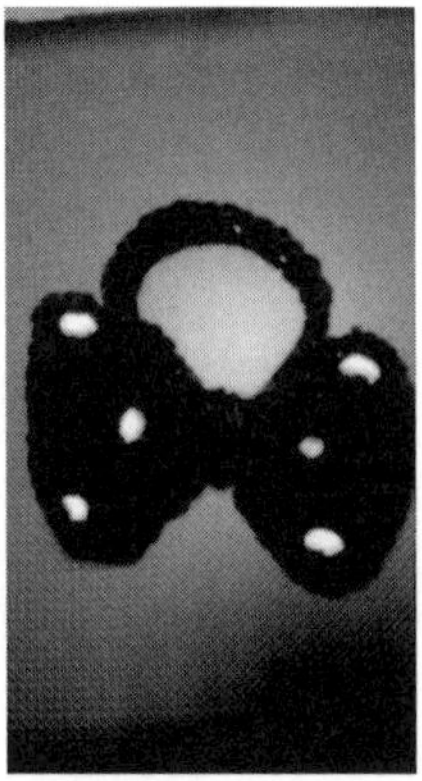

二〇一一年一一月二一日

風邪菌発生中

副作用もないし
働けるんやな〜い⁇　って
調子ぶっこいてたら
熱がでた――‼‼
くしゃみでるし喉がピリっとするし
これは風邪でしょうね。
家の中でも常にマスク着用して
感染予防してるのに
これって……
どんだけ体よわっちくなってんの⁇⁇
インフルエンザの予防接種やりたい……
先生にきいてみよう。

二〇一一年一一月二三日

つ、ついにっ‼‼

抜け毛

キター――!!!!
いきなりやってきたよ!!
頭かゆいなあ〜と
ポリポリ
してたら……
抜けた!!!!
ふつうにスルーっと
抜けちゃうんやね〜
カツラちゃん
すでに3個買って準備してるから
ダイジョウブ!!!!
どんとこーいっ!!!!

二〇一一年一一月二四日
スッキリ☆
百均でケース買ってもらって
やっと薬を整理しました!!!
ほとんどは副作用を和らげる薬です!!

来週2回目の抗がん剤投与があるので
また来週から
活躍してくれることでしょう〜
今週、副作用検査に
病院にいってきたのだけど、
わたしが今身を置いている実家から
病院は
電車だと1時間半
車だと2時間もかかる
場所にあるのですよ!!
大学病院でとにかくでっかい。
風邪引いたため
風邪薬を処方してもらって
地元の処方せんで薬を受けとりました!!
薬剤師さんがかなり不思議な顔してた。
風邪ひいて
わざわざ大学病院にいったんか??
的なかんじで（笑）
おもしろかった（笑）

二〇一一年一一月二五日
毛玉展3
画像ではわかりにくいですが、
ヘアアクセ日々進化中です♪
まだまだ結べる毛は残ってまっせ!!
ただ髪の毛を洗った時の
抜け毛の処理に困りはじめました〜
断髪式パート2も
近づいているわ（笑）
うひひ

二〇一一年一一月二六日
ビーンズ
薬のせいなのかなんなのか、
いまだかつてないくらい
肌荒れがヒドイです!!!

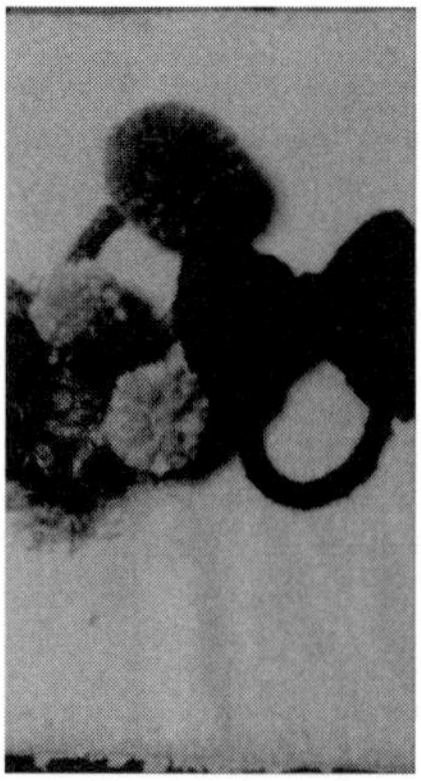

ニキビとかも
あまりできない肌だったのに…
年齢のせいなの?? なんなの??
そんなわたしの
かわいそうなお肌ちゃんを見た
姪っ子さま（3歳）が
『ａｎｉちゃん顔に豆がついてるよ!!』
って……（笑）
豆肌女（わたし）と
桃尻女（姪っ子）の愉快なひとときでした!!!!

二〇一一年一一月二八日
断髪式パート2
ハゲ散らかすとはまさにこのこと!!!
ってくらい
抜け毛が激しくなりました!!!!
人それぞれ
抜け方は違うのかもしれないけど、

わたしの場合は
だんだんじわじわ抜け始める。
ってかんじでしたよ!!
元々先生に抜けるって言われていたから
毎日のように
つんつん髪の毛引っ張ってチェックしてたし。
1日目は2、3本スルッと抜ける。
2日目は10本くらいスルッと抜ける。
4日目以降は枕に毛がつきはじめ
現在脱毛開始から七日目
ごはん食べてると
ポロポロ毛が落ちてきて
ご飯に落ちる
毛を処理するのにイライラ。
だからついにやったぜ!!!
ビフォワ〜♪
アフタ〜♪
坊主チョー似合うやんけ!!
って自画自賛しといた!!

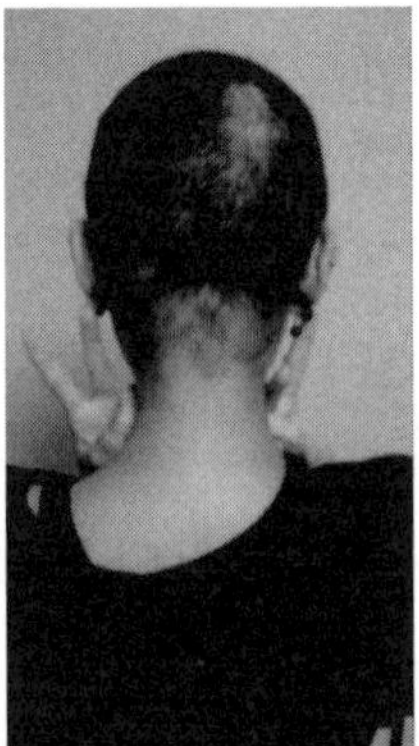

あ〜楽チン♪

二〇一一年一一月三〇日

治療2回目

今日は2回目の
抗がん剤の日でしたー!!!
丸一日かかりましたが
無事終了――!!!!
点滴中
ほぼ夢の中〜♪
だったのであっとゆうまに終わったかんじがするー。
点滴の針を刺してる部分が痛くなったりすることがあるのですが、
『イタイよ〜』って訴えたら
湯たんぽをくれて
湯たんぽに手をのせて
タオルでくるんだら
痛くなくなった!!!!!
血管が寒さで

縮んでいるから
それを緩めて血の流れをよくすると
痛みがやわらぐらしーです!!
さあまたここから
副作用くんとの
たたかい頑張ります!!!

毛玉展4

二〇一一年一二月一日

副作用がまだはじまらないから
新作つくりました——♪
おかんちゃんが着なくなった
ネルシャツをベストにしてたので、
切り離した
袖のカフスをこっそりいただいて
ヘアアクセにしました☆
毛糸とフランネルのコラボです!!!!!

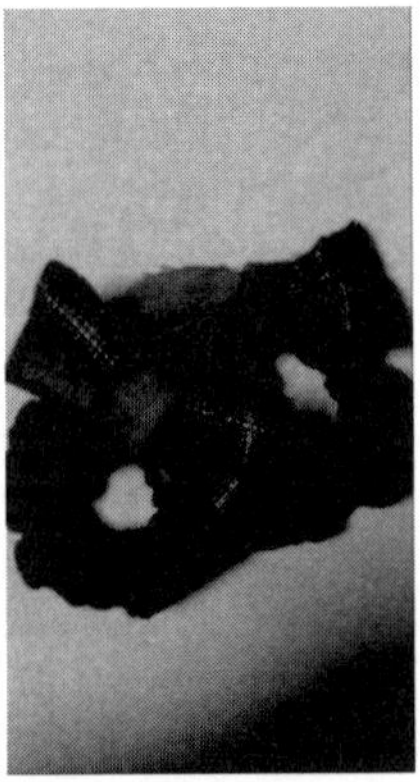

二〇一一年一二月四日

オチビちゃん

今副作用が落ち着いてます。
手足のしびれがキツくて
ペットボトルのフタがあけれませんでした…
以前わたしの顔に豆がついてると言った
姪っ子さん。
彼女は
来年の春から幼稚園に行く年齢なのですが、
子供って
本当に大人の話をよく聞いて理解してるんだなと
感心してしまった出来事がありました。
例によりもうほとんど
髪の毛がないわたしは
毎日ケア帽子という
綿でできた帽子をかぶって過ごしています。
さすがにオチビちゃんに
ハゲ頭みせたりしたら
ビックリしちゃうし、

その手の話を
オチビの前では
わたしも家族もさけていました。
ところが最近、
姪っ子ちゃんと
ふたりっきりになった時に
『ａｎ・ｉちゃん、もう頭なくなった⁇　ちょっと見せてみてー』
と姪っ子ちゃんが
言ってきたのですよ!!!
わたしゃビックリですよ!!!
どこで知ったのその情報を!!??
誰かがコソコソ話してた話を聞いて覚えてたの⁇
でも、誰に確認をとっても彼女の前では
わたしのハゲ頭のはなしはしていないって言うし。
謎すぎる!!!
ハゲ頭をみせるのは
さすがにあれだったので
チラッとおでこをみせてあげたら
『ほんとだー♪』

と満足してくれました。
まったく
彼女には驚かされてばっかりです。

二〇一一年一二月九日
ケア帽子 コレクション2011
やーっとこさ、
副作用脱出成功ー!!!!
さあ、そうなると暇すぎて
お外に出たい病
働きたい病にかかります!!
暇なので今回は
ケア帽子を紹介しよかと思います☆
ケア帽子とはハゲ頭ちゃんを保護する
綿100%の室内帽子です♪
頭寒いから毎日これかぶって
生活してるんですよ。
初めてのケア帽子さま。

カラーブラウン
¥2300
これは病院で売ってるやつです。
2300円って高いよね〜。
でも、やっぱりちゃんとした医療用だから
かぶり心地バツグンです!!
お母さん作ケア帽子♪
カラー：ベビーピンク×ドット
¥0（愛情プライスレス）
お母さんが、
なんと、タートルネックの首の部分を
使ってつくってくれたものです☆
お母さん作ケア帽子2
カラー：マルチボーダー
¥0（思いやりプライスレス）
これも同じく
タートルネックからできたケア帽子です!!
お母さんよくおもいついたよなあ〜
すごい!!!!

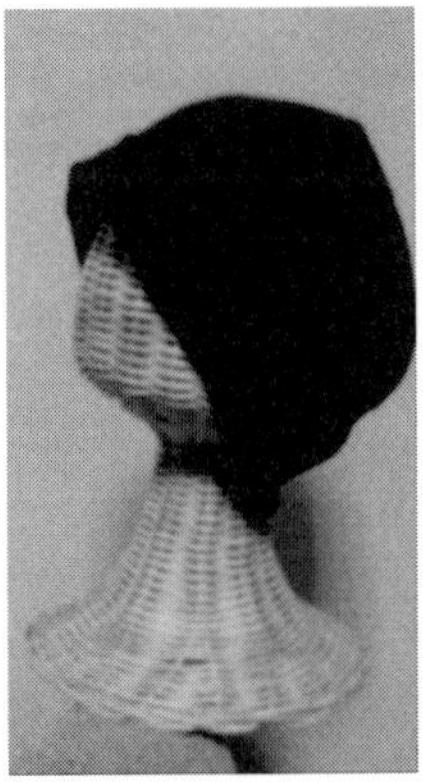

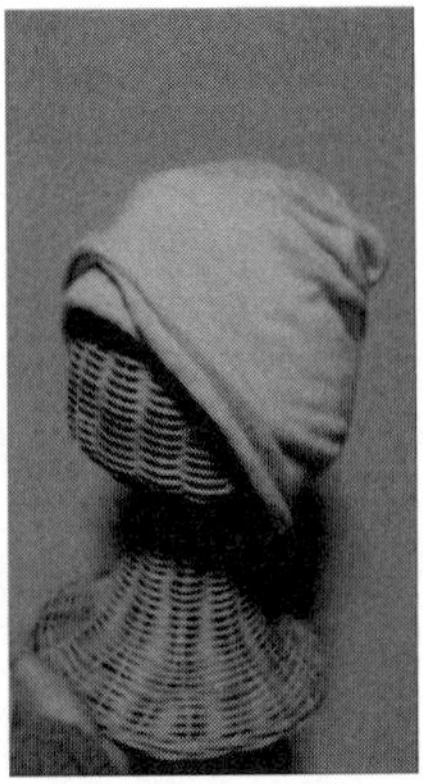

お母さん作ケア帽子3
カラー：ベージュ
¥300（やさしさプライスレス）
お母さんに作ってもらってばかりだな。
これは、毛糸じゃないチクチクしない糸で
お母さんが編んでくれた帽子です!!
どれもかぶりやすくて
あったかくて最高です☆

毛玉展5

二〇一一年一二月一一日

2日間こんつめて編み物やりすぎて、
疲れぎみです。
何事もほどほどが一番。
その2日で完成したバッグがこちら!!!
黒だから
かなりわかりにくいですね。
絵に描くとこんなかんじ!!

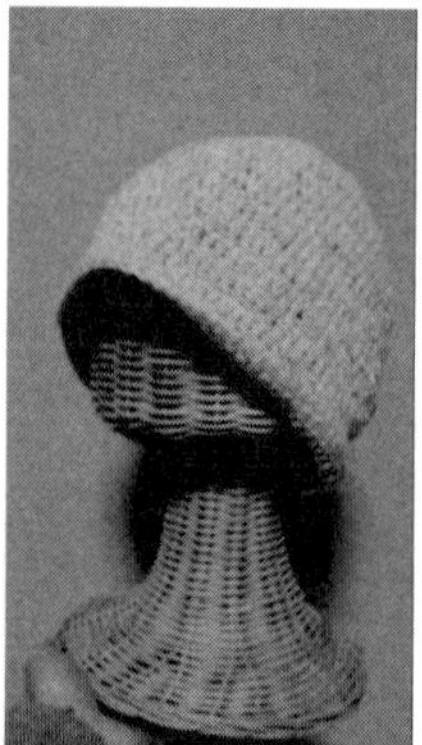

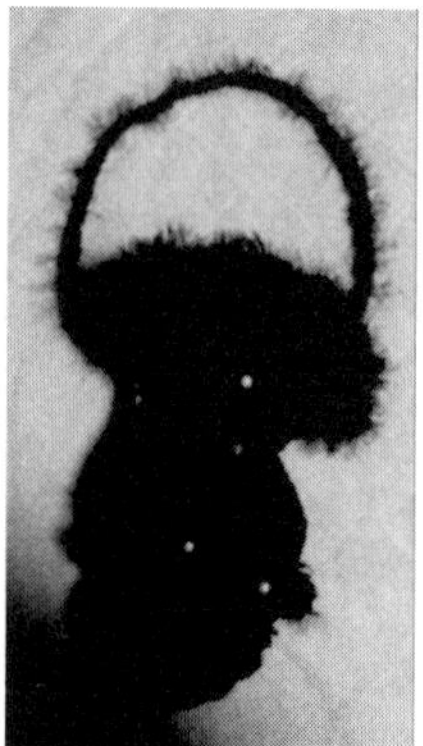

きんちゃくバッグです☆
3種類の黒い毛糸を使用して
パールをつけました!!
いいかんじに
仕上がって満足☆

二〇一一年一二月一二日
プレゼントいただいた!!
お姉ちゃんが買ってくれた
エスニッカーなヘアゴムちゃん☆
かわいい
こういうの前からほしくて、
お団子頭に付けたらかわいいなぁ〜って
ウキウキした!!
って今ハゲ頭だから
結ぶ髪の毛なんてないやんけっ!!!!!
とウキウキ後に気付いた…
づらちゃんも

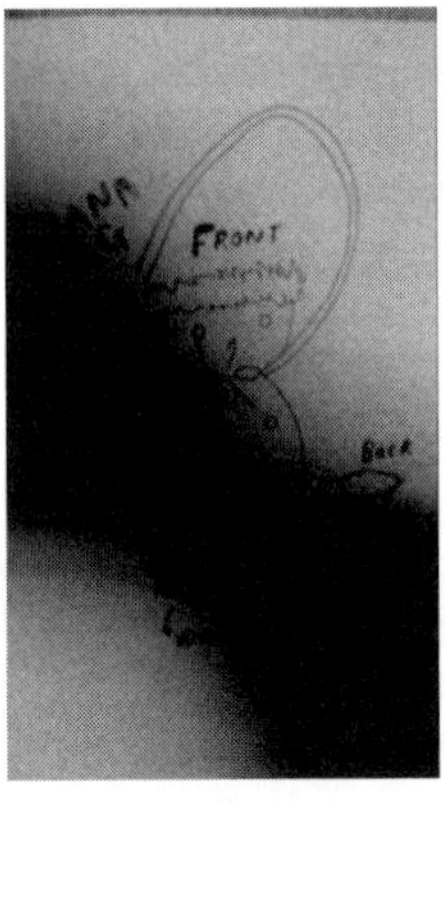

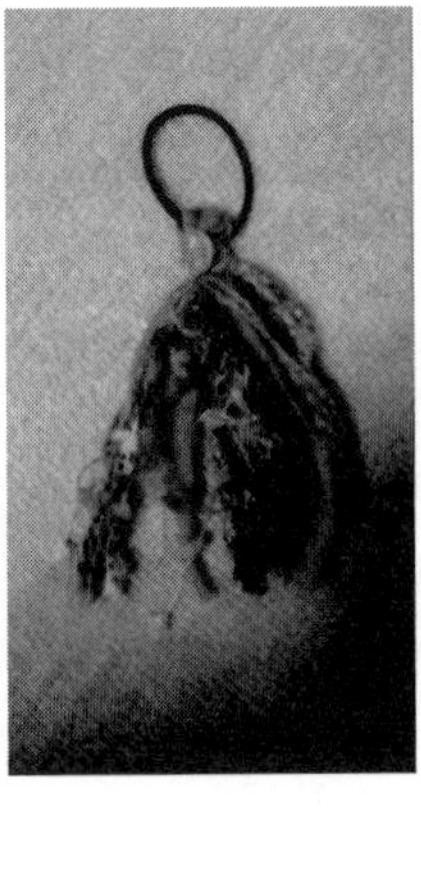

さすがにお団子ヘアはできないしさー。
来年の夏フェスにつけたいけど、
そんな頃もまだ坊主だろうし。
ってことで、暇なわたしは
別の使い方を色々考えてみた!!!
ひとつめ
バッグにつける☆
これ定番やけど、
バッグが華やかになって良いね!!
ふたつめ
服につける☆
これはシャツのポッケの
釦ホールに通してみました。
スカートにつけてもかわゆいかも!!
みっつめ
キタコレ♪
ピアス風ヅラアレンジ♪
づらちゃんの内側につけて
ピアス風を装いました!!

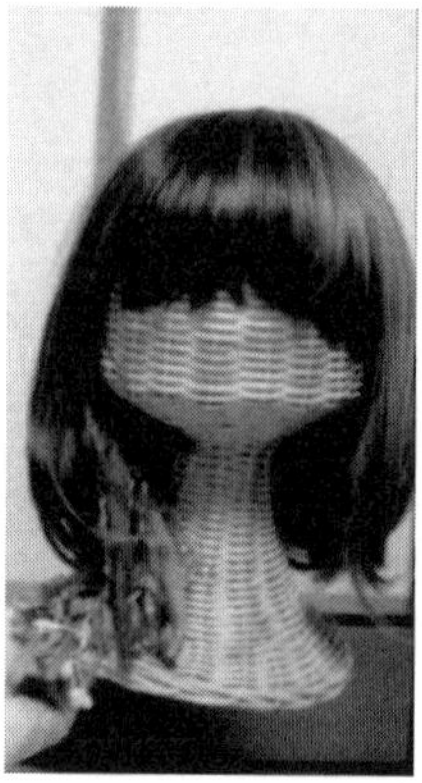

イイネ♪
楽しくなってきた——!!!
小さなことに
喜びを感じた26歳冬のひとときでした——

二〇一一年一二月一三日

痛いよ

今日は
週1の副作用検査の日!!
いつも行ってる病院が
かなーり遠いため、
血液検査だけに
高い交通費だして
きてもらうの大変だし、
ってやさしさで出来ている主治医のはからいで
家の近くの総合病院で
副作用の血液検査してます!!
なんだか2、3日前から

右胸下～右脇腹～背中に
かけてずきずきと
痛むようになってきた。
もしかしたら編み物のしすぎ???
（筋肉痛）
と思ったけど
右の肋骨に転移があると
言われてるわたしは
気が気じゃないわけで、
先生にしつこく
場所が場所だけに気になるし、
痛くて眠れないから
痛み止め飲んだけど
あまり効いてるかんじもしないし、
これって大丈夫ですか??
って聞いてみたけど、
痛み止めで様子みましょう。
と言われてかえされた…
大丈夫かな…。

主治医じゃないから余計不安だぜ!!
気になりすぎて痛すぎたら、
いつも行ってるほうの大学病院に電話してみよう。
病気になると
些細な体の変化が不安でしょうがないです。
そしてもしかしたら
ただの筋肉痛かもしれない症状でも、
痛いよーって寝込んでしまうありさま。
今は元気とはいえ
確実に体力なくなってるし
免疫力も弱まってるわけだから、
気をつけてなきゃな。
うん。

二〇一一年一二月一四日

検査入院よ

昨日夜痛くて眠れず、
今日の朝大学病院に電話し

当日予約で受診しました!!
結果、
検査入院!!!!
家が遠いから、
検査でいったりきたりするのが
大変だろうとのことでの入院です。
財布と携帯しか
持ってきてなかったから
ほぼ身一つでの入院です!!!
荷物をお母さまが
運んでくれます。
まったく
入院なんて予想してなかったから、
ビックリ!!!!
でも検査もするし
原因がわかれば安心なので
大人しくしてまーす!!!!
それにしても暇だな。

ICE
ROCK'n
ROLL
MISIN
LUCKY

二〇一一年一二月一四日

笑笑笑

　昼寝したおかげで
寝付けないなぁ。
さて
病棟は4人部屋で、
わたしの真ん前は
80代くらいのおばあちゃんがいました。
色々手続きして病衣に着替え
お母さんと話をしていたら
そのおばあちゃんが
『おばあさんはおいくつ?』
と声をかけてきました。
一瞬なんのことか
わからなかったわたしたち親子。
それが
すぐにわたしへの質問であることを理解する。

私
『わたしまだおばあさんじゃないですよー26歳です〜。』
おばあちゃん
『え?? そんなバカな〜』
母
『この子わたしの娘ですよー』
おばあちゃん
『んあ? あんた（母のこと）のほうが若いやないのー』
何回か説明したけど
わかってもらえず…
わたしもお母さんも
病室の患者さんもみんな
大爆笑!!!!
久しぶりに
腹がよじれるほど笑った!!!
今まで間違えられたことないよ
おばあさんなんて（笑）
まったくこの1年貴重な体験を
たくさんさせてもらえるわっ（笑）

おばあちゃんどうやら、
結構痴呆の症状があるみたいで
点滴を抜こうとしたり
骨折してて絶対安静なのにベッドから降りようとしたりしてて、
危ないからさっき
部屋を移動になってしまってた。
お母さんが帰ったあとも
おばあさんである
わたしを気遣ってくれて
『あんたも、歳やから足には気をつけないかんよー』
とか色々話しかけてくれて
楽しかったから、
おばあちゃん部屋移動になって少し寂しい。
旦那さんや息子さんがくるのを
すごく楽しみにしてて
何回もまだかなあ〜っていってたし、
話し相手になりたかったな。

二〇一一年一二月一五日

痛みの原因判明!!

もう早速
昨日の造影剤CTの結果が出て
やさしさで出来ている
主治医が来てくれました。
結果やっぱり
転移の疑いがあった
肋骨からの痛みだった!!
筋肉痛かな〜
抗がん剤の副作用かな〜って
ほっとかなくてよかったあー!!!
早めに病院きてよかったあ!!!
原因がわかれば安心です。
なにかわからないことが
一番不安だから、
スッキリしました☆
それに
肋骨のこと

前からほっといて大丈夫かいな!!
って心配やったし、
治療できるなら
もう何も心配がなくなったぜ!!!!
というわけで、
これから抗がん剤治療
+放射線治療も加わることとなりました!!
今日は放射線科に受診します。
それ以外はやることないので、図書館にでも行ってきます☆

二〇一一年一二月一六日

3世代同居

痛み消えた!!!!
1日3回のロキソニン服用で痛みが嘘のようになくなりました!!!
おかげさまで一週間の入院予定が
4日で退院になりました☆
明日家に帰ります☆
やさしさで出来てる主治医が

『CTでみても悪化してるかんじもないし、
炎症をおこして痛かったんだと思うよー』
と言ってたから
ほっとかれた肋骨が
『オレを無視すんなや!!
はよう治療せんかいっ!!』
って言い出したんだと
思うことにしました。
昨日受診した放射線科の先生は
ロマンスグレーのダンディ先生でした!!
しかもその先生が
わたしが副作用検査にいっている、
家の近くの病院に
毎週放射線治療に
いっているらしく、
放射線治療も
家の近くの病院でうけれることになりましたよ!!
放射線治療は人によってもちろん違うけど、
わたしは毎日10～15分くらいを10回くらいやる予定です!!

間をあけずに
連続でやることに意味があるみたいで、
年末ってこともあり
年明け4日からの治療に決定！
これで治療計画も整ったし一安心です!!
そういえば
わたしをおばあさんと間違えたおばあちゃんは
無事に病室に戻ってきて
ニコニコ楽しそうに過ごしてます☆
話をしたり
看護師さんを呼ぶまでもない簡単な用事は
お手伝いをさせてもらってます☆
同じ病室にいる50代のお母さんも、
一緒におばあちゃんを気にかけてくれるので
すごく優しさでいっぱいの病室になってますよ。
看護師さんに
ステキな3世代同居やねぇと言われたよ☆

二〇一一年一二月一八日

ノンアル忘年会♪

地元のおさななじみのMちゃんが誘ってくれて
忘年会に参加してきました♪
全員で17人!!
ぜんぶ同級生♪
普段遊んでる地元の友達とは違う
なかなか会えなかった
友達にたくさん会えて
ちょーたのしかった!!!!!
わたしが普段遊んでる地元人の
集まりでも10〜20人は
毎回あつまるし
基本的にわたしの
地元の同級生は
むかしっから男女みんな仲良しなんです。
酒好きのわたしは
お酒の席で
お酒を飲まないなんて

今まで一度もなかったけど
初ノンアルコールしましたよ!!
ノンアルコールビールデビューですよ。
体が冷えるといけないから
一杯いただいて、
あとは
ホットウーロンで過ごしました♪
シラフと泥酔時のテンションが尋常じゃなく違う
わたしですが、
ノンアルコールでも
泥酔並みのテンションでいけたぜ♪
なんだ〜
飲まなくても全然いけるんじゃん♪
新しい自分発見でした☆
本当にMちゃんには感謝です♪♪♪
ラブMさま☆

二〇一一年一二月一九日
NO MUSIC NO LIFE♪
病気になってから
やさしいゆる〜い
音楽を好んで聴いてました。
癒しを求めてるね完全に。
今日は甥っ子くんのX'masプレゼントを
ネットで検索してほしいと頼まれ、
久しぶりにパソコンを開いて、
探してて
ついでにYou Tubeで暇つぶしをしました。
You Tube内をサーフィンしていたら
『NUMBER GIRL』
というバンドに辿り着きました。
もう解散してしまったけど
高校生の頃好きだったバンド。
ぶったぎる系の激しい音のバンドです。
久しぶりに聴いてドキドキしまくり
テンション上がった!!

懐かしかったあー
当時お付き合いしていた
カレーシーさんに
よく手紙を渡してたんですが、
文末にいつも
『今日の1曲』
と題してその日の気分の
曲をかいていたのを思い出しました。
そんなわけで懐かしさから
今日から飽きるまで
今日の一曲はじめます♪
♪今日の一曲♪
NUMBER GIRL
鉄風 鋭くなって

二〇一一年一二月二〇日
街は X'mas
人それぞれ

色んな人生がありますね。
きっとどんな人生でも
自分を不幸にできるのも
幸せにできるのも
誰でもない
自分自身なんだと思います。
気持ちのもちようで
どーにでも変われる!!
うん。
珍しく真面目なかんじです。
ウフ。
プレゼント貰ったよ!!
お父さんの妹
Y姉ちゃんにもらったダヒーさん。
かわいいねダフィさんって☆
ふわふわで気持ちいいし☆
わたしの携帯電話
今までえがちゃんストラップ（江頭2：50）
がついてたんやけど

ダフィつけたことにより
一気に乙女携帯になったよ☆
照れるし（笑）
お姉ちゃんサンタからの
プレゼント!!!
レッグウォーマー☆
こういうの欲してた!!
はやくはきたい!!
もうすぐ
3回目の抗がん剤はじまります。
もろにX'masに冬眠モードに入るため、
チキン食べれないなんて
aniちゃんかわいそうやし、
ってお姉ちゃんがいってくれて、
我が家は
慌てんぼうすぎるサンタクロースX'mas会
と題して
昨日X'masパーテーやりましたよ!!
ありがたや〜☆

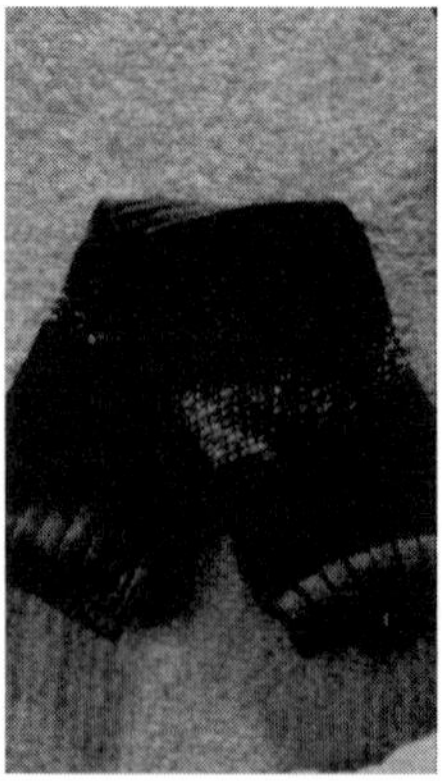

チキンもケーキも食べれたし、
X'mas 本番はぐうすか寝るかな♪
♪今日の1曲♪
美空ひばり
愛燦々

二〇一一年一二月二〇日
毛玉展6
フェス用の髪飾り
作りました〜♪

白い花バージョン
『白いあなた』

赤い花バージョン
『赤いきみ』

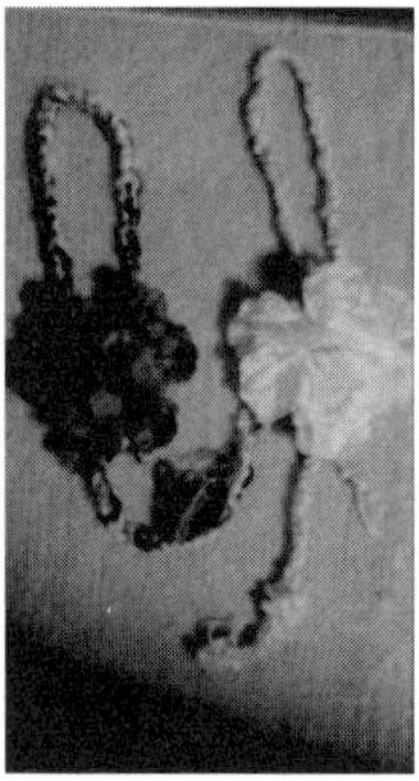

簡単に作れたので
フェス仲間にもつくろーっと!!!!

二〇一一年一二月二一日

治療3回目!!!!

今日は抗がん剤3回目の日です!!!

朝5時半起きで

病院にむかってますよ☆

年内抗がん剤は今日で最後です。

あとは、年内に実家近くの病院に

放射線の打ち合わせに何回か行ってきます。

なかなか忙しいね。

抗がん剤の点滴中は

基本音楽を聴いてます♪

機械系の流行りに完全に乗り遅れるタイプなもので、

iＰodとかの

音楽プレイヤーを持ってなくて

ＣＤウォークマンで聴いてます。

珍しがられます(笑)

もちろん

携帯もまだスマホじゃないよ☆

♪今日の1曲♪
sigur ros
( ) sigur 1

二〇一一年一二月二二日

副作用のおはなし

副作用中に飲む薬たち。
上手に撮れなかった…。
痛み止め
胃薬
吐き気止め
便秘を和らげる薬×2
女性ホルモン剤
女性ホルモン剤だけは
副作用中以外も
毎日服用してます☆
おかげさまで
更年期障害もおさまりました。

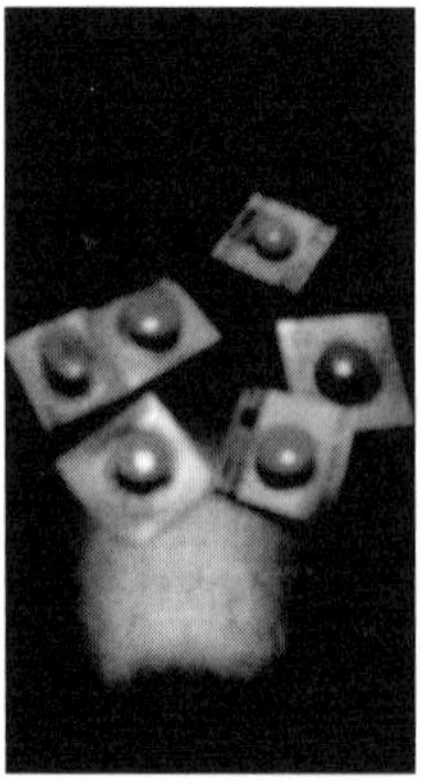

化学療法科の看護師さんに
『副作用始まってから、薬飲むより、
予防のために、早めに薬飲み始めましょう。』
って指導してもらったので2回目抗がん剤から、
早めに飲み始めたら、
一回目よりもダントツで調子がいいです♪
抗がん剤治療すると
食べれなくなって
かなり痩せてしまう話を
よく聞いていたけど、
わたしの場合
確かに副作用中は2〜4キロ痩せる。
副作用が終わると
なんでも食べれるようになるため、
食べれなかった反動でたくさん食べて
3〜5キロ太る。
結果次の抗がん剤時は
通常体重より太っているのです。
副作用中の食べれるものもその日によって

全然違うけど、
ヨーグルト
うどん
(ポン酢のジュレのうどんが好き)
はテッパンで
不動の王道☆
何故かマックのハンバーガーが
食べれる日があったり
おにぎりばっか食べたい日があったり、
わたしの胃袋は気まぐれです。
今日はまだなんでも食べれます☆
明日あたりから
冬眠モードに入ると思うので、
また冬眠から目覚めたらブログします♪
♪今日の1曲♪
おおはた雄一
『おだやかな暮らし』

二〇一一年一二月二六日

プチ復活

副作用少しおさまった♪
世はX'masでしたね〜
わたしはと言いますと、
完全に布団が恋人でした☆
布団から出るのは
トイレのときだけなんじゃないかくらい
ずっと布団の中でしたー。
我が家は自営業を営んでおりまして、
年末はかなり忙しくて、
家族みんなはバタバタ
一生懸命働いてるのに
自分だけただ寝てるだけ、
っていうのは申し訳なさすぎた…。
早く元気にならねば!!!!
ぶっとばせ病気!!!
と改めて気合いを入れましたよ。
副作用の辛さは

人それぞれ違うけど、
昔に比べたら
吐き気止めやら痛み止めやら、
色々よくなってきているらしくて、
副作用もだいぶ
和らげれるみたいです。
そうとはいえ、
やっぱり完全に副作用がないわけではないので、
ひたすら眠る
冬眠期間があるのですが、
わたしは副作用は、ある程度なら
あってもよいと思う。
特にわたし、辛いことや悲しいこと
すぐに忘れる傾向にあるから、
副作用中は、
ごはんが食べれるってしあわせだな。
早く治療終えて元気になるぞ!!
って小さな幸せを再確認したり、気合いが入るのですが、
副作用が治ると、

ヘラヘラ〜っと何も考えずに過ごしている気がします。
自分自身の
モチベーション維持のためにも、
少しの副作用はありがたいことだと思って
治療期間過ごしたいと思います。
がんばるぞ!!!!!
我が家のX'masケーキ☆
(気分悪くて食べれなかった……)
♪今日の1曲♪
くるり
『ロックンロール』

二〇一一年一二月二七日
プンスカ
今日は〜週に1度の〜
副作用検査〜!!!
と、年始からはじまる
放射線の説明をうけましたよ——!!!

ちょっと今日はわたし
怒りぎみです!!!!
何故かというと、
婦人科の血液検査の結果みてくれる先生の
配慮が足らないと思うのよ!!!
わたくしめ、
いわゆる癌のステージを
今まで聞いてこなかったし、
やさしさでできてる主治医は、
こっちから聞かないかぎり
そういうデリケートなことは
教えてこない人だって
わかっているから、
ビビりなわたしは、
聞いてしまって
モチベーションさがったらいやだし
あえて聞かなかったのに、
放射線科の先生に書く
紹介状を目の前のパソコンで打っている文章の中に

ステージカイテアッタヨ。
バッチリミエチャッタヨ。
オイッ!!!!
まさか、
こんな形でしることになるなんてー!!
心の準備ほしかった。
ちょびっと凹んだけど、
もう知ってしまったから
しょうがない!!!!!
気持ちきりかえて
がんばるしかないのである。
知りたくない人もいるだろーし、
そういうデリケートなことは、よくよく注意して
ほしいなと思いました。
あとね、
総合病院は
色んな患者さんがいるから、
香水やにおいのキツイクリームとかを
付けてこないでほしいなとも思いました。

わたしみたいな副作用中の人や
妊婦さんとか風邪ひいてる人だって
においで体調悪くなっちゃいます。
今日はわたし
香水にやられてぐったりしてました。
こういうことって
わたしもきっと
今まで気付かずにいただろうし、
先生の件も含め
まわりの人の立場になって
物事を考えれるように
ならないといけないなと
改めて考えさせられました。

♪今日の1曲♪
ミッシェルガンエレファント
『G.W.D』

二〇一一年一二月二八日

毛玉展7

友達に頼まれて作った
猫さまのおしゃれ首輪

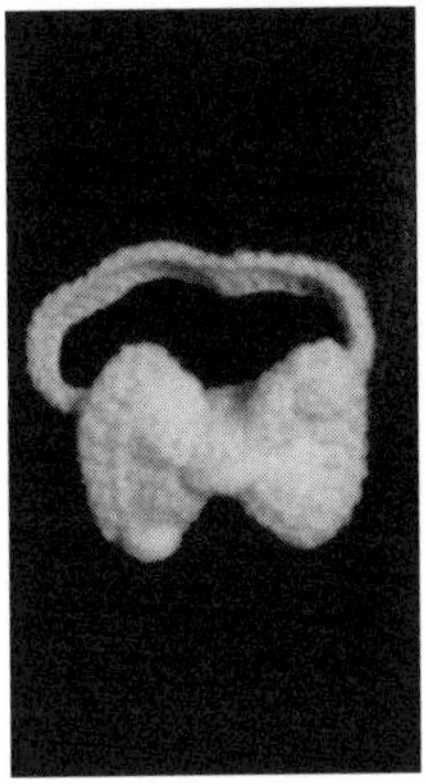

つけたところ早くみたい☆
この前作ったフェス用髪飾りと
おなじ毛糸でシュシュ作りました。

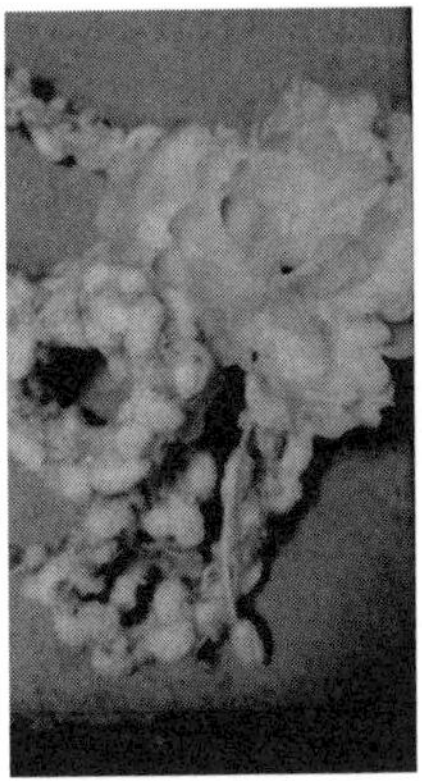

そしてラストはヘアゴム♪

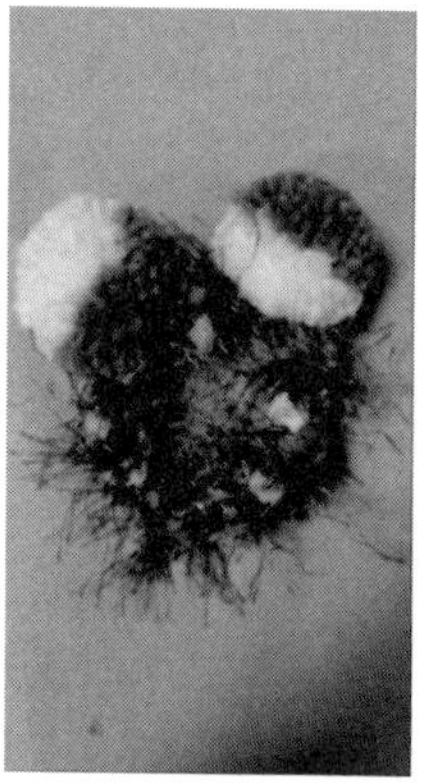

おつかれっした♪
♪今日の1曲♪
シンディー・ローパー
『Time after Time』

二〇一一年一二月二八日
スキン（ヘッド）ケアと続けることの素晴らしさ
冬だからね～乾燥するからと
お母さんが貸してくれた乳液☆
頭用☆
本当にカッサカサになっちゃうのよ頭!!!

気をつけなきゃ!!!
今
おばあちゃんとふたりで
コタツでお茶飲みながら
ナニコレ珍百景みてました☆
56年間絵日記書き続けるおじいちゃんに
感動しました。
続けるって簡単にみえて難しいもんなあ。
ヘンリー・ダーガーと言う画家さんは
天涯孤独で、自室で描き続けた絵が
彼が亡くなってから発見されて
たくさんの人たちを魅了しています。
絵日記のおじいちゃんにしろ
ヘンリー・ダーガーにしろ
誰かにみてもらうために
絵を描いたりしていたわけではない。
彼らにとっては
描くことが、当たり前の生活の一部なんでしょうね。
それが誰かに認められるってのがかっこいいなあ〜

と思いました!!
わたしもこれから
たくさん色んなことを
体験したり挑戦したりして
素敵なとしのとりかた
したいなと思います。
(ヘンリーさんのように孤独なのは耐えれないので、普通に幸せに☆)
思わず
今日はブログ2回も更新しちゃったわ☆

二〇一一年一二月二九日
靴下コレクション2011
アロー☆
本日は窓掃除して
脇腹が痛くなって寝てます。
ひまなので
わたしの趣味靴下集めの中から
靴下を少しばかり紹介します☆

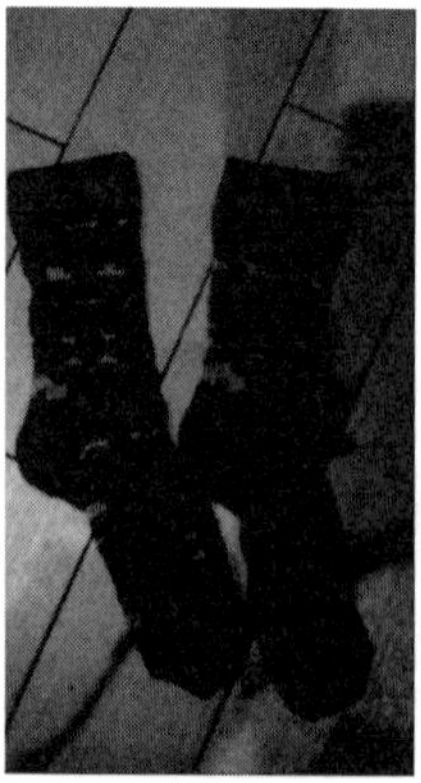

靴下集めをはじめて
約15年。
はじめたきっかけは、
当時中学生のわたしは、
好きなお洋服のブランドのものが買いたくても
高くて買えず、
靴下なら比較的安く買えるから
買いはじめたのがきっかけで、
靴下好きになりました♪
20歳をすぎてからは
足の甲に入っている
イレズミを隠すときに
年中活躍。
最近は安くてかわいい
靴下がたくさんあって
嬉しいです☆
子供服ブランドの靴下です☆（つまり子供用）
3足1000円♪
柄がかわいいのがたくさんあり愛用してます。

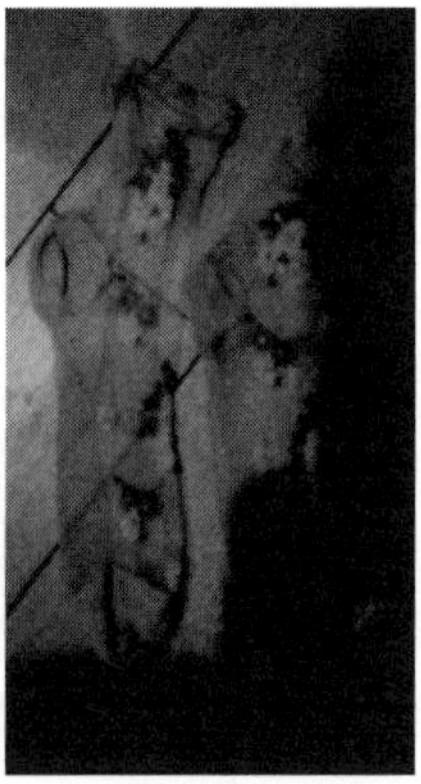

靴下屋さんの靴下!!
なんだかんだ靴下屋のは
安くてかわいくていいです。
靴下ブランドの靴下。
靴下にしてはなかなかのお値段しました。
ラメ糸入っててかわいいです。
このお方、本当に色んなお店でみかけるようになった気がするー!!
当時はジャーナルスタンダードに売ってました。
今一番のお気に入り!!!
マリア様模様の分厚い靴下。
最近はひきこもりしてるからなかなか
靴下物色しにいけないけど、
また地道にあつめます♪
今日はこれから甥っ子ちゃんの
Birthdayパーティがあるので楽しみです♪
♪今日の1曲♪
RADIOHEAD
『high and dry』

二〇一一年一二月三〇日

ドライブ

フルメイク&フルウィッグでお出かけです♪
毎年恒例の一月二日の
新年会用の買い出しです。
TT氏と二人で車で30分かけて
元気よく出掛けたはいいが、
店について
物色しはじめてから、
『そういえば、家の冷蔵庫食材いれるスペースあったっけ?』
ってなって確認。
結果スペースなし。
買い出し中止(笑)
そのまま喫茶店でお茶して
飲み物だけ買って帰宅。
いつも、
買い物を取り仕切ってくれる、しっかりものの
A氏がいなかったから

しょうがないよね～
って、二人でなぐさめあってきました。
久しぶりのお出かけやったから
わたしはちょー楽しかったよ♪
色んなはなし聞いてもらったし、
TT氏サンキュー♪
TT氏がくれた
サイババのキーホルダー（笑）
♪今日の1曲♪
SUPERCAR
『DRIVE』

二〇一一年一二月三一日
二〇一一年ラストホスピタル
最後の最後まで
病院です。
今日は地元の病院へ～
放射線科にCTとりにいきました!!!

ただ撮るだけやと思っていたら、
マジックでたくさん
印をつけられましたよ。
放射線治療受ける際に
ずれたりしないように
するための印だそうです。
『治療開始が一月四日からだから、それまでに
日にちあいちゃうけど、なるべく
印消えないようにしててね。』
と、放射線科の技師さんに
言われました。
と、言うことはだな、
二〇一二年は落書きの体で
迎えるっちゅーことになりますわな。
体ごしごし洗えないのキツイけど
バッチリいい位置に
放射線あてててもらうためにも
消さないように気をつけます!!!!
今年一年日本も、

わたし自身も色々あったけど
新しい一歩を踏み出した
一年でしたね。
来年はバッチリ体を治して
仕事復帰できるよーに
がんばるぜー!!!
みなさんもよいお年を!!!
♪今日の1曲♪
vampireweekend
『cousins』

二〇一二年一月三日

二〇一二年スタート

新年があけました!!!!!
今年もよろしくおねがいしまーす♪
実家で年越しをするのは4年ぶりくらいでしたよー。
のんびり過ごすってのもいいもんですね☆
本日は毎年恒例の

地元新年会でしたよ!!!
今日ももちろんノンアルです。
最大20人はいたのでは？　ってくらい
たくさんの人に会えて
楽しかった♪
最終的にはいつも最後まで
残るメンバーでまったり☆
エネルギーチャージしたので、
またがんばる!!!!
今年はたくさん笑って
過ごせる1年にしたいです!!!!!
二〇一一年
ガン検診してない方〜
二〇一二年の目標に
ガン検診を＋しといてくださいね!!!
何をするにも体が第一!!
完全なる悪ふざけ（笑）
鏡餅☆★

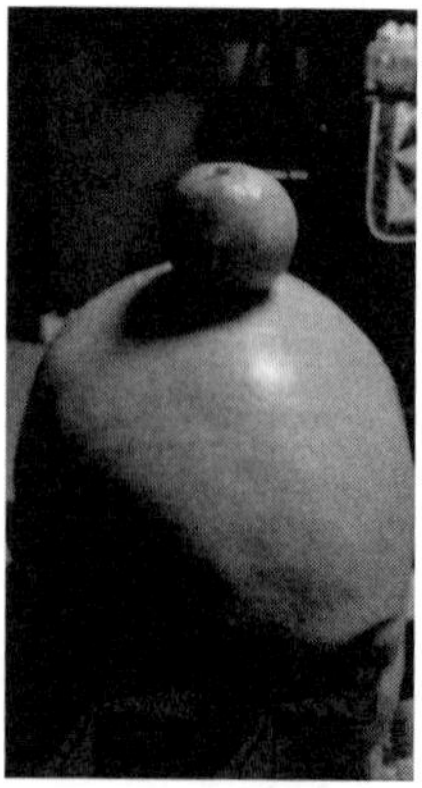

二〇一二年一月三日

友情すばらしい

昨日の新年会で
お土産と誕生日プレゼントいただいた♪
頭皮用の栄養スプレー☆
地元の買い物取締役A氏に誕生日プレゼントにも
らいました－!!!!
頭皮かなり
カサカサになっちゃうのでこういうのすごくほし
かったのよ!!!!
さすがA氏!!
わたしのことよくわかってるぅ～
MY氏の沖縄みやげ～☆
パイナップルキャラメル☆
美味しそう!!!!
A氏とMY氏には
本当に気楽になんでも
ペラペラしゃべれるし

一緒にいて楽チンです♪
わたし病院ネタしかないけど
そんなつまらん話も聞いてくれるし
ありがとーすぎる!!!!
元気になったら
旅行にいくのが楽しみ!!!!
♪今日の1曲♪
ハナレグミ
『きみはぼくのともだち』

二〇一二年一月三日
焼き肉うまい
今日はなかなか忙しいデイでした!!
MCちゃんとSさんのご夫婦がお見舞いにきてくれたり、
MY氏とYT氏が遊んでくれたり。
猫さんのリボン首輪のお礼にと
YT氏が焼き肉おごってくれたー♪
んまかった!!!

リボンのお礼の焼き肉のはずなのに、
わたしは肝心のリボンを
家に忘れてくるという
アホな事態になりました。
ただ焼き肉おごってもらっただけになっとるしっ!!
そのあとは久しぶりにカラオケへ~
マスクしたまま歌ったけど、
マスクしたままうたうのって
めっちゃ歌いにくいよ!!
知らなかったわ…
あ~楽しかった♪
よく眠れそうです!!!
おやすみなさーい!!!
♪今日の1曲♪
salyu
『name』

二〇一二年一月四日

放射線治療開始

二〇一二年一月四日

放射線治療開始!!!!

毎日10分くらいを

13回の予定でやります!

1回目は写真を撮るため

少し時間がかかりました。

実際放射線をあてているのは

ほんとに5分もないくらいで、

『え?? もう終わり??』

って拍子抜けした。

何かがあたってるような

かんじもまったくないし、

ただ寝てるだけ。

なのに、結構なマネーとられましたぜ!!!

はぁ〜13回もあるとか

お金面がいやだわね。

治すためとはいいえ

お金はやっぱり
心配になりますわね。
出世払いします☆
ダイナミックCTとかPET CTは
検査後何時間かは
乳幼児に近づかないように
とかいう注意があったけど、
放射線治療は
まったく問題ないそうです。
ただ光をあてるだけなので、
終わった後に
体から放出されることは
ないそうです。
同じ会社のOちゃんが
旦那さんと
温泉にいくついでに
よってくれましたよ〜
お土産にトマトジュースもらいました!!!
トマトジュース好きにはたまりません!!!

ありがと〜☆

♪今日の1曲♪
原田郁子
『やわらかくてきもちいい風』

二〇一二年一月五日
リボンちゃんの行方
毛玉展7にて紹介した
YT氏に頼まれて作った
猫さんのリボン
昨日YT氏が
実家にとりにきてくれました!!!
YT氏は保育園からの
幼なじみです。
そして早速猫さんにつけて
写メくれました!!
かわええ☆
そしてさらになんと、

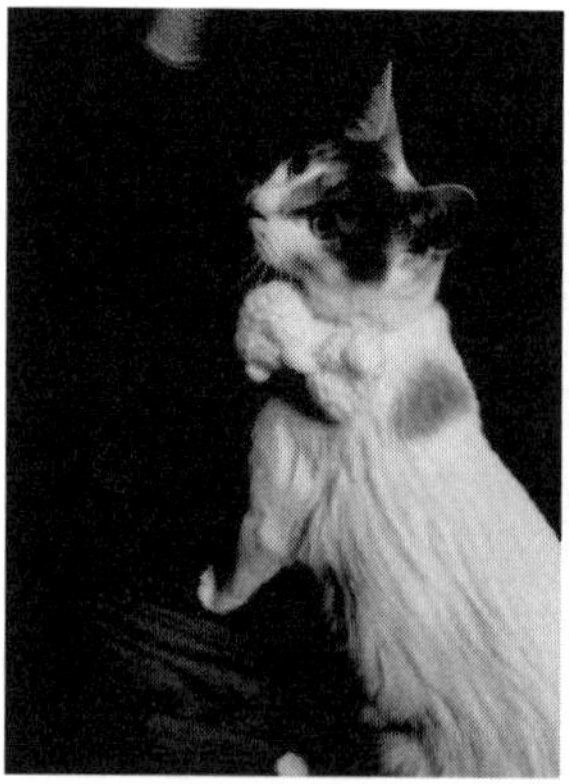

誕生日プレゼントだといって、
空気清浄器いただいちゃいましたよ!!
ナノイー♪
大切に使わさせていただきます!!!!
今日は放射線治療2回目!!
治療代安かったよ♪
どうやら初診が高いだけだったみたいです。
放射線あててある
場所がだんだん赤くなってくることが
あるらしーですが、
まだいまのところ異常なし。
しばらく病院漬けがんばります〜
　♪今日の1曲♪
SUPER BUTTER DOG
『FUNKYウーロン茶』

二〇一二年一月六日

Baby I Love you

放射線治療3回目。
昨日から右背中が痛くて
治療中じっとしているのがちょぃ辛い。
放射線科の先生に
『背中痛いー』
ってうったえたけど、
とりあえず、様子見でと言われた。またか……
ロキソニンも効かないんすけど…。
治療もしているから
大丈夫ということみたいです。
痛いの続くとテンション下がるからヤダな〜
さてさて、今日は
高校の時一番仲良しな
お友達のERちゃんの
ベビーが生まれたので
お祝いに行きましたよ!!!
まだ一ヵ月たってないからちょーちっこくて

ビックリしたよ〜かわいかったー☆
ちょうどおねむの時間だったみたいで、
だっこしてトントンしてたら寝ちゃったし☆
泣いても
寝ても
動いても
何してもかわええわ♪
だいぶ癒されてきました!!痛いの忘れたわ!!
そして今日気付いた。
鼻毛が抜けてなくなっていることに……

二〇一二年一月七日
パチパチつけまつけて
夜中に背中痛くて
目が覚めたり
寝ぼけたりしていたけど、
目覚めたら昼の11時…
背中の痛みがかなりよくなってました!!!

おかげで
元気にゴロゴロしてます♪
わたしもそう思ってたけど
抗がん剤中の抜け毛は
髪の毛だけだと思ってたらそれは間違いです。
毛という毛が抜けますのよ。
おかげさまで鼻毛が消え去り
まつげがかなり抜けてしまったため
つけまつげ先生に
お世話になっております〜
つけま愛用者に
百均のつけまいいよ!! と言われたから、
もっぱら
百均つけま愛用中。
したまつげ用は
百均になくて
大量にはいってるやつ
買いました。
つけまって

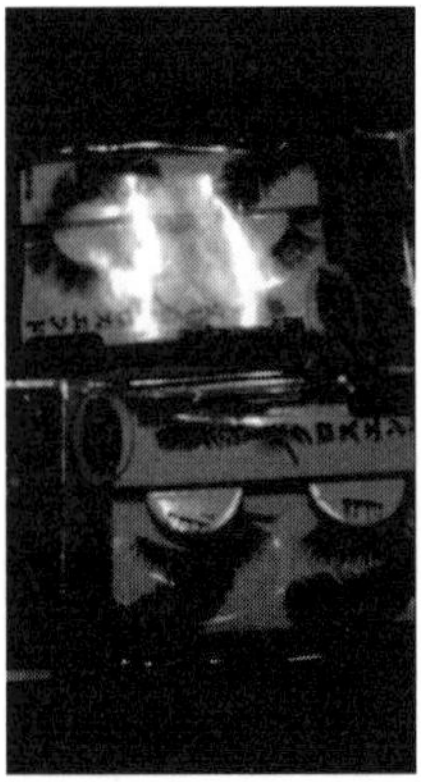

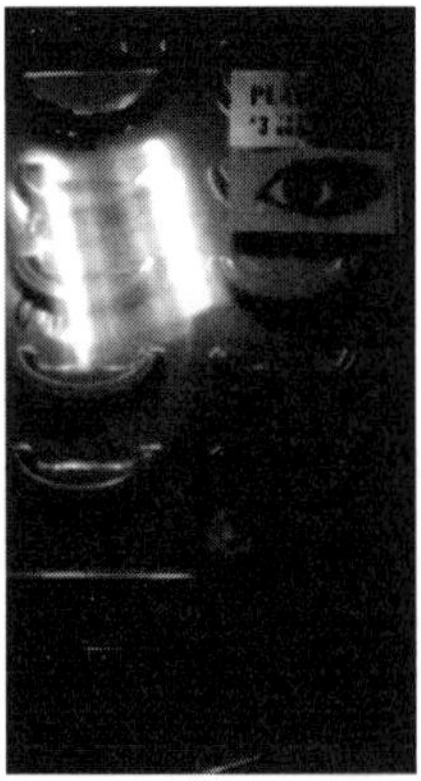

だいぶ顔の印象かわるね。
上下つけまの詐欺メイクで毛なし生活のりきりまっせ!!!!!
♪今日の1曲♪
きゃりーぱみゅぱみゅ
『つけまつける』

二〇一二年一月八日
BIRTHDAY
わたくしめ
27歳になりました!!!
パチパチパチ
目覚めて居間へいったら
甥っ子くんと姪っ子ちゃんが
『おめでとー』
と言ってくれましたよ☆
うれしー!!!

姪っ子ちゃんは
大好きなプリキュアのシールを
お誕生日プレゼントにくれました☆

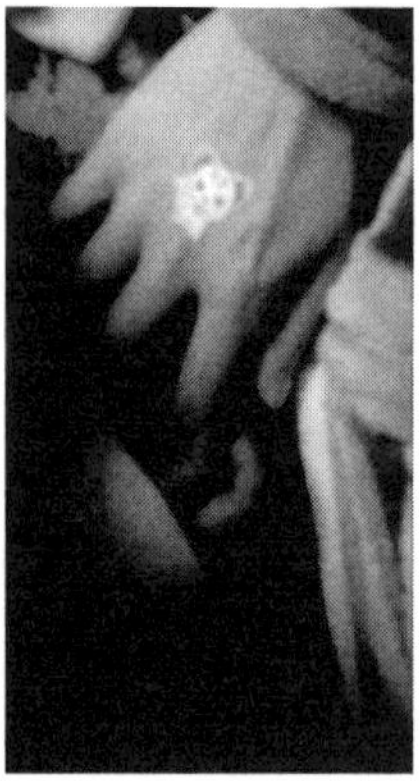

結果、
わたしの薬ケースが
こんなにカラフルになりました。
甥っ子ちゃんは

手紙と似顔絵をくれました☆

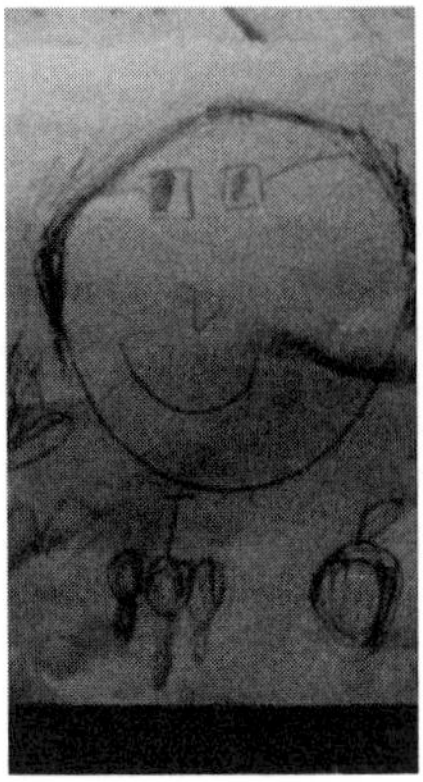

髪の毛あるっ!!（笑）
そしてお姉ちゃんが
『くまもん』ケーキを
作ってくれました!!!

かわいいい〜☆

お母さんとお姉ちゃんの
共同作品♪
ポーチ☆
何を入れようかな～
27歳キラキラな1年にするぞ!!!!!
おおー!!!!!!!!!
♪今日の1曲♪
くるり
『BIRTHDAY』

二〇一二年一月九日

ヅラでケガ

27歳と1日目。
特に変化はなく、相変わらずゴロゴロ生活。
映画でも観ようかとしたけど
DVD壊れててみれずー。
この前かつらちゃんを着用後に
頭を怪我しました…。
やっぱり
安いづらは安いだけあって壊れやすいみたい。
づらの大きさを
調節するアジャスターの先についてる
プラスチックが何故か折れて、
その先で頭切ったみたい。
一回かぶっただけで折れるなんてショック——!!
髪の毛あれば
頭切るなんてことも
そんなにないよね〜
髪の毛って大事ね!!!!

それ以来頭に絆創膏を貼ってます。
手塚治虫の漫画にでてくるつるつる頭の
バッテンの絆創膏貼ってる子みたいになってます。
明日から怒涛の治療祭はじまります!!!
毎日の放射線にプラス抗がん剤もアルヨ。
副作用でヘロヘロ中に
放射線できるのかいかに!!
つづくっ!!!
♪今日の1曲♪
THE STONE ROSES
『ELEPHANT STONE』

二〇一二年一月一〇日
人だらけ
週一の副作用検査と
放射線治療4回目。
連休あけだということを
すっかりワスレテタワ。

採血50人待ち（1時間）
採血結果でるまでに1時間待ち。
付き添いの父が
『市内の人全員病院にいる。』
って言ったくらい、人だらけでしたよ。
待ちくたびれた～。
帰宅後は
疲れはてて爆睡しました。
現在、高校生の弟が隣で勉強中
わたしは編み物中で、
団らんしてます♪
弟くんがくれた地元の初日の出。
これみると心が安らぎますわ☆
♪今日の1曲♪
clammbon
『tayu-tau』

二〇一二年一月一一日

ドッコイ生キテル街ノ中

現在第4回目の抗がん剤点滴中です。
もう11時くらいから今までずーっと爆睡して
やっと目覚めました!!!
おはよーございます!!!
よく寝た〜。
いつも抗がん剤点滴の前に、
採血とやさしさで出来てる主治医の問診を受けて
採血のモロモロの数値が
『OKよん☆』ってなれば、
点滴入れてもらえるのですが、
今日の採血は
若いお兄さんで2回失敗され、
しまいには、ベテランっぽいおばさんに交代して
採血されましたよ——。
イタカッタ…。
結局おばちゃんは
お兄さんが失敗した場所から採血していきました。

とほほ。
でも嬉しいこともありましたよ!!!
腫瘍マーカーが
すごく下がってた!!!
検査入院中は
術後よりマーカーあがってて凹んだけど
放射線治療の効果でてるのかな!!
やったぜ!!!!
素直にこういうのはうれしいわ!!!　明日からまた
放射線治療がんばりまっせ☆
副作用にまけないわ!!!
♪今日の1曲♪
eastern youth
『地球の裏から風が吹く』

二〇一二年一月一二日
DVDで暇つぶし
放射線5回目!!

帰りにDVDを借りて帰りました。
旅行行った気分になれるかな？　と思って
『ホノカアボーイ』
基本的に日本のゆる〜い
映画が好きです。
とにかく何も考えず笑えるものが観たくて
ドラマ
『ホタルノヒカリ2』
『タイガー&ドラゴン』
さっそく『ホタルノヒカリ2』を
観てお腹がよじれるほど
笑いころげました☆
あ〜おもしろかった（笑）
明日からはきっと冬眠モード突入のため、
しばらくブログおやすみします。
　♪今日の1曲♪
MY BLODY VALENTINE
『オンリー・シャロウ』

二〇一二年一月一七日

ママテン

はろう!!!
副作用脱出!!!
まだちょっと気持ち悪いけど、
ごはんに興味がわいてきました★
ブログを更新する気にもなれるくらい回復です!!!!
今回の副作用中に
お世話になったもの
おばあちゃんが漬けた
梅干しでいただく梅茶漬け
まじで
3食梅茶漬け生活でした。
おばあちゃんの梅干しが
美味しすぎる★
あとはトマトジュース
小さなおうどん（お吸い物味）
ポテトチップス

を好んで食べてました。
トマトにポテトだなんて
妊娠のつわり時に
食べてたものランキング
1位と2位の食べ物だしっ（笑）
副作用はつわりの症状に似てるらしいから、
食べたいものも似てくるのかしらね〜。
今日買ったもの。
ママはテンパリスト4巻!!!!!
育児エッセイ漫画でーす☆
トマトとポテト情報は
この漫画から得ました。
子育ての経験も
出産の経験のない人でも
ゲーラゲラ笑える漫画です。
今回も笑った笑った!!!
子供産めないとか
ナイーブな問題を抱えるわたくしですが、
まわりが気をつかって

その手のはなしには
ふれなかったりしてくれてるけど、
やっぱりまわりが思うほど
本人は気にしちゃおらんのよ。
育児漫画楽しめるしね☆
以上っす。では
　♪今日の1曲♪
　はっぴいえんど
『風をあつめて』

腰が笑ってる

二〇一二年一月一八日

　昨日病院から帰ってから
急に腰がおかしくなった。
力が入らないかんじで
痛いようなしびれてるような……
腰が笑ってるみたいな。
ぎっくり腰みたいな。

歩行不可能。
放射線治療は
大の大人3人がかりで
フォローしてもらいました。
今日は病院でCTとったけど
特に異常がなく謎のまま帰宅。
寝たきりDAY
そしたら、
やさしさで出来てる主治医から電話が!!
大丈夫〜？　って。
とりあえず
薬の副作用も考えられるから、安静にしててね。
とのこと。
主治医に言われると
なんだか安心します。
腰がふにゃふにゃして
完全におばあちゃんスタイルですが、
がんばりまーす!!!!
♪今日の1曲♪

『ハミングがきこえる』

カヒミ・カリィ

二〇二二年一月一九日

ふにゃふにゃヨチヨチ

放射線治療10回目!!!
今日も
車椅子のお世話になりました〜
昨日の夜は大変だったのよ〜。
起き上がれないから
おじいちゃんの使ってた
介護用のリクライニングベッドデビュー。
お風呂もトイレも
ひとりじゃ行けない。
腰が痛くなり
体のあちこちが痛くなりしびれだす。
腰がふにゃふにゃで、歩けない!!!!
支えてもらいながら

自分がヨチヨチ歩いてる姿を想像したら、
面白すぎて、
笑いまくると腰がくだけて
デデーンと転んでしまうありさま（笑）
昨日はお母さんもろとも
2回転びました……
（そのうちの1回なんて全裸だったし）
裸で転がってる自分を
想像して笑いころげて立てないし、
じっとしてても
体が痛くて痛くて……
本当にどうなるかと思った。
回数を重ねるごとに
強くなる副作用もあるって聞いてたけど、
まさか歩けなくなるなんてー
どんだけ強い薬なの──!!!!
もうびっくりしたわ。
今日は、病院から帰ってきて
なんと杖も支えもなしで

ヨチヨチ歩けた!!!!
クララが立った!!! 状態☆
めっちゃみんなが喜んでくれました☆
ひとつの動作をするのに
めっちゃ体力使うし、
ひとりじゃ何もできなくなって、
歩けるって
ひとりで色んなことが出来るって
素晴らしい!!
実感しました。
早くａｎｉｃｏばあさんから
脱出できますように☆
愛用の花柄杖☆
　♪今日の１曲♪
　ＢＪＣ
『僕はヤンキー』

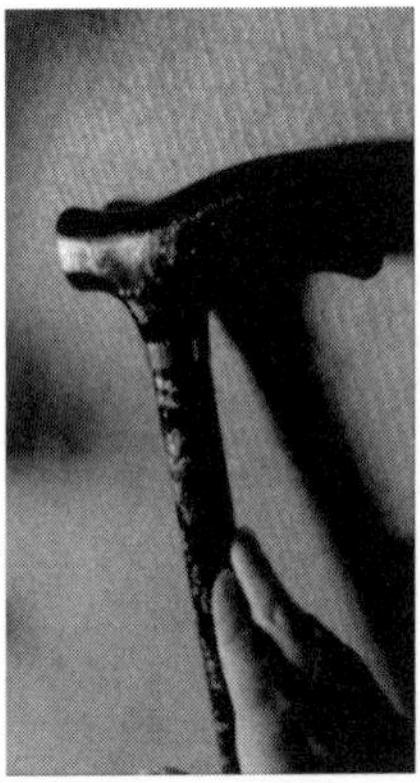

二〇一二年一月二〇日

百均LOVE

放射線11回目!!
今日も元気に車椅子☆
かなり回復してます!!
昨日まで
おばあちゃんスタイルでしか歩けなかったけど、
今日は若者スタイルで歩けたぜ!!!
でも調子こいて
杖なしで颯爽と歩いたら
腰がくだけて
またスッテンコロリンしました。
油断禁物ですわ。
一時はどうなることかと思ったけど、
だんだん良くなっていくと思います。
病院の帰りにお姉ちゃんと百均によりました〜
百均楽しかった☆
ついつい色々買っちゃうのよね〜
ビーズ買いました!!

青乗せた
低空飛行
太陽のウソツキ
ミドリのモリ
だれかのためなんて生きられないよ
オジィちゃん
じっちゃんの木
布を3枚重ねる
a sect
メイイメ笑う春風たち
unsound
美意識過剰

なにつくろかなー♪
♪今日の1曲♪
きのこ

二〇一二年一月二一日

フレンド

朝目覚めたら、またしても
体の痛みと痺れがはじまってましたよー。
いやん。
昨日、なかなか会えない
遠くに住んでるＫＤと言うお友達から、
仕事でそちらに行くから
遊ぼ〜ぜ〜☆
と連絡をもらった。
ＫＤとはかれこれ
10年くらいのつきあいですが、
何故かわたしが元気ない時や
ＫＤ元気してっかな〜??

って思ってたりする時に
いつも連絡がくる
不思議な人です。
何年も連絡とらないとか
普通だし、
そんなだけど
いきなり連絡きて
遊んだりしても
久しぶりなかんじがしない気軽なかんじが
とっても心地いい友達。
もちろん毎日お暇なわたしは、
久々のお出かけに興奮して
チョー楽しみにしてたわけですよ。
なのに、痛くて動けないから
遊べなくなってしまったわ。
残念だなー。
治療が終わって
チョースーパーミラクル元気になったら
今度はわたしが会いにいこう!!!!

ガッカリしすぎて
ふて寝をしてたけど、
落ち込んでてもしゃーないので
高額医療申請のための
資料を整理することにしました☆
月ごとの医療費の領収書を計算していたのですが、
まあ、合計の金額を見て
また落ち込むという、
結果になってしまいました。
高いよ、医療費、高いよ!!!!
本当に、病気になると
相当なマネーとられまっせ!!!
奥さん!!
それを考えると
検診の費用なんて安い安い!!!!
それにさ——
体が元気じゃないと会いたい時に
会いたい友達に会えないとかかなしいじゃないですか!!
わたしは今日のことがあったので、

かなーり悔しいです!!!(>Д<)
元気な今のうちに検診を☆を合言葉に
検診しましょう!!!
♪今日の1曲♪
ソウルフラワーユニオン
『うたは自由をめざす!』

二〇一二年一月二二日
史上最強のヤツがやってきた!!!
昨日の夜から
痛みとしびれが強くなってきて、
じーっと寝てても
じーっと座ってても
何をしてても体が痛くて大変やったのよ〜
今までで一番の巨大台風。大嵐がやってきました!!
ほんと今までの痛みやしびれなんて
小雨みたいなもん。
体が痛いと

ほんとうに、なーんもやる気がおきなくなって
気を紛らすために
TVとか本とかみようとしても、まったくダメ。
じっとしてても痛いから
痛くて集中できないのです。
もうイヤ!!!
ってなって眠ろうとしても痛くて痛くて
寝つけないという……
あったかいお風呂に入ると血流がよくなって、
痛みやしびれが和らぐから
昨日はお風呂に4回入りました。
おかげさまで
お肌カサ男くんです。
ただお風呂からでてしばらくすると
また痛みが現れ、
もう痛くて5分とじっとしていられず、
眠れず、
痛い痛いとのたうちまわり痛くてイライラして
どんどん

荒れたヤンキー化していくわたしを見かねて
夜中の2時に
父と母に病院に搬送されました――。
放射線治療をしている
近くの病院のほうです。
とりあえず
痛み止めの注射を打ってもらって
しばらくベッドで横になっていたら、
スゥ～っと楽になりました。
頭の上に幸福の天使ちゃんが現れたかのような
安らぎ。
こんなことなら
もっと早くにくればよかったね。
とお母さんと話しながら
ニコニコできるようになりました。
そしてさあ帰りましょうと
起き上がった瞬間、
ものすごい吐き気に襲われ帰宅後
ケロリーナさんでした。

治療をはじめてから
はじめてのケロリーナでした。
どうやら
痛み止めの注射の副作用らしいです。
そのままぐーぐー眠り
朝めざめたら大嵐が去ってました。
よかったー☆
父、母には本当に感謝です。
今日は朝から夕方まで
爆睡しました。
よく眠れた!!
わたしは比較的
副作用が少ないほうだね。って言われていたから、
抗がん剤とかヨユーだしって思ってたけど、
大の大人が副作用が辛すぎて、
途中で治療をやめてしまう人もいるくらいだから、
(わたしの父の会社のおじさんがそうだったらしい)
その気持ちがすごくよくわかった日でした。
これからはしんどくなったら

変に我慢しないで
即病院へGO!!!します☆
まだまだわたしは
がんばりまっせー!!!
♪今日の1曲♪
ユニコーン
『大迷惑』

二〇一二年一月二三日
やさしさエスカレーション
放射線治療12回目。
車酔いして
病院から帰ってきてからずっと
ベッドでゴロゴロ転がって過ごしました。
夕ごはんになって
やっとこさのっそり居間へ。
そしたら、
甥っ子ちゃんからの

納豆のプレゼントが置いてありました。
話をくわしく聞くと、
牛乳2本買ってきてね。
と500円を渡された
甥っ子ちゃんは、
実家のとなりにある
スーパーへおつかいにいったらしい。
そして帰ってきたら、
『aniちゃんが食べたいかなって思って。』
と、納豆も一緒に買ってきてくれたのだそうです。
(わたしはかなりの納豆ずきです)
なんてやさしい子なんだ!!!
人をおもいやれる
やさしい子に育ってくれておばさんは嬉しすぎです!!!
ここ最近
体が痛くて部屋にこもりぎみで、
甥っ子ちゃんと顔を合わせる時もなかったけど
彼は
わたしがずっと風邪をひいていると思ってるみたいで、

姿がみえないから
心配してくれてたのかな〜って思うと
本当に嬉しかったわ☆
2回目の手術後の退院の時も、
aniちゃんに退院祝いを買ってあげないかん!!!
って目をキラキラさせて、いってくれたし、
本当に彼には何回も
心を救われてます。
ありがとう〜☆
今まで食べた中で一番美味しい納豆の味がしましたよ♪
♪今日の1曲♪
spitz
『魔法のことば』

二〇一二年一月二七日
雲隠れのワケ
何日かブログ書いてなかったわい。
それは、

わたくし現在また入院中であるためです!!!!
例の体が痛い現象が
またMAXをむかえ、
痛み止めかえてもらったらその副作用で
ケロリーナさんが続き
ごはんが食べれなくなりました。
痛みのコントロールと
吐き気をなくすのと、
原因をみつけるための入院なので、
週末〜水曜日には
退院予定でーす!!!!
いきなり調子悪くなって
びっくりしたわ〜。
でも、だんだん痛みも吐き気も
おさまってきて、
よくなってまーす☆
ブログ更新できるくらい
回復しとりますので☆
負けんぜ!!!!!

早く退院して
美味しいものたらふく食べてやる!!!!!
わたしの入院を知った
かわいい甥っ子ちゃんは、
プレゼントを作ってくれてるみたいです☆
おもちゃの電話で
aniちゃんに電話かけてたよ~とお姉ちゃんからメールがきてた♪
かわいすぎる!!!!
こんな話をきくだけで
もうすでに元気100倍だね☆

二〇一二年一月二八日
くどいようだか大切なこと
色々検査した結果は
異常なし子さんでした!!!!
(病気の悪化が原因ではなかったです)
時期的に感染症か、
神経系になにかあるのか

まだハッキリしてませんが、
ひとまず安心ですよん☆
吐き気もおさまり、
ゴロゴロ入院生活中〜
たまにはちょっとだけ
お真面目なことを書きたいなと思います。
わたしは、いわゆる、
映画とかドラマとか
バラエティー番組とかの
大切な人が病気になって
亡くなるまでの恋人や家族とのストーリー
みたいなのがどちらかと言うと
苦手なタイプです。
病気になってから
ダメになりました。
そのストーリーの
登場人物の生き方を否定したりしたいわけではなく、
みることにより
自分が不安になるのが

イヤなわけではなく、
みている人たちの
捉え方や感想にちょっと違うよ!!
ってなってしまうからです。
例えば彼氏が重い病気になり、
何も彼女につげず
突然別れをきりだす。
何ヶ月後に
彼氏が亡くなったことを彼女が知る。
闘病生活中に
彼氏が書いていた日記を彼女がみる。
その日記には
彼女とのたくさんの思い出が記されており、
彼氏がどれだけ彼女を想っていたかを知る。
『自分はいつも
些細なことでケンカをしてしまうので、
相手をおもいやる心に感動しました。
自分も相手のことを
もっと大事にして、

後悔しないよう、
悲しませないように
精一杯生きていきたいです!!!』
と、よくこんな感想を目にします。
でもこれって
自分は病気にはならない
前提の感想ですよね。
『病気になって
大切な人を悲しませたくないから、
ちゃんと検診うけて
健康な体でいたいと思いました!!』
とはなかなか、ならないよね。
癌だったとしたら
2人に1人と言われる時代なのに。
やっぱりこんな感想をみるたびに
TVや映画をみても、
健康だと他人事でしかなくなってしまうことが
多いのだと感じてしまいます。
でもそれって違うよ!!!!

自分が病気になったから、そんな風に思うようになったけど、
わたしも、
自分は大丈夫であろうタイプの人間だったので、
そういうドラマとかみても検診いこうとか、
思ったことがなかったです。
何年か前に乳ガンで亡くなった
ミュージシャンの
川村かおりさんのニュースやTV番組みても
自分じゃなくて
母親が乳ガンだった友達を心配したり、
親がガンで亡くなってる
恋人に検診いけ!!って言ってた。
現在入院病棟の
わたしの隣にいる女の子は、
子宮けい癌で、
去年の夏から調子悪くて
不正出血も1ヵ月続いてたのに、
病院になかなか行かなかったって言っていたよ。
やっぱりその子も

まさか自分が病気になるなんておもいもしなかった。
自分だけは大丈夫だと思ってた。って言ってた。
自分だけは病気にならない。
は、間違った考えです。
誰でも病気になる
可能性はあります。
大切な人たちを
悲しませないため
ひとつめに、自分の体を大切にすること。
それから、
まわりを大切にしてください。
『自分を大切に出来ないようなヤツに、他人を大切にできるかよ‼』
的なドラマっぽいセリフって
そうおもうと、
ごもっともなこと言ってるんだなーと思いました。
病気になったわたしたちは昔の自分に反省してます。
健康な方たちは
その健康な体を維持するために、
健康診断やガン検診をお忘れなく☆

♪今日の1曲♪
川村かおり
『翼をください』

二〇一二年一月二九日
入院4日目病室常夏
痛いよブログのおかげで
すっかりワスレテましたが、
放射線治療　全13回無事に終了しましたっ!!!!!
おつかれしたっ!!!!
昨日は、寝つきが悪くて悪くて、
あまり寝た気がしませーん。
痛くて目覚めたり、
トイレに目覚めたり
へんてこりんな夢みたり
忙しかったです。
でも病院だと早寝早起きが出来てるし
健康的になってると思います☆

熱も下がって吐き気もとまったから
あとは痛みのコントロールをして、
原因を把握すること!!!!!
まだまだ突然痛みだしたりして
やっかいよー(ToT)
それと
病室ってどうしてこんなに暑いのかしらー
汗かきまくりです!!!
ハゲ頭だから余計に汗かいて
ケア帽子がびしょびしょ
(ToT)
先ほど同室の女の子と相談して
エアコンOFFしました!!
最近TT氏からマンガを借りましたよ!!!
わざわざ郵送してくれた(笑)
ほんとマメな子だよ、あの子は
退院したら、
読みあさりたいと思います!!!!
♪今日の1曲♪

Rage Against The Machine
『GUERRILLA RADIO』

二〇一二年二月二日
あたいまだ入院中
しらね間にもう2月!!!
おにはそとー
ふくはうちー
（形だけ（笑））
わたくし
まだ入院続行中でーす!!
またまた高熱だしたりーのして、
落ち着くまで
念のためもうしばらくお世話になりますの。
なんってったって
普通の人より
免疫力低下中なのでね。
婦人科病棟は

だいたい3日〜2週間で退院が主流なのか、
わたしのいる病室は
わたし以外みなさん退院して
患者さん新しいお仲間さんになっております☆
最近までいた若い患者さんも
帰り際に実は30代という事実を知ってビックリしたわ!!!
やっぱりわたしは
若い患者のようです。
それにしても、
患者さんみなさん
元気で明るい人ばっかり!!
本当に病気なの??
って思うくらい
つるつる頭をさらけだしてニコニコ一日中
ずーっとおしゃべりしてる。
きっとつらいことだってあるだろうに
まわりを明るくしてくれる姿に、
見習わなきゃいけないなーと思いますよ☆
わたしなんて

夜中のナースコール尋常じゃないくらい
鳴らすけど、
それでもイヤな顔ひとつせず
体を気付かってくれるし
自分がつらいからこそ
まわりに優しくできる
改めて素晴らしさを
再確認できている入院生活です☆
みると元気になるキレイな鳥
♪今日の1曲♪
the pillows
『HYBRID RAINBOW』

二〇一二年一月二八日

■初めまして♪

初めてコメントします♪　私もanicoさんと同じ病気です。私もお腹がぽっこりでたり、色々と体からの信号は出てたのですが、自分は大丈夫だろうと思って痛くなるまで病院に行きませんでした。病気になってから後悔しても遅いのですが、少しでも早く病院に行っていれば…なんて思ってばかりです。本当検診や病院に行く事の大切さを今健康な人も、何か不安がある人に伝えたいですね‼

二〇一二年一月二九日

みいちゃん☆さん

コメントありがとうございます☆

はじめてコメントをいただいたのですごく嬉しいです!!!

ブログを読んでくれている方がいてくれるんだ〜って知れたのでそれも本当にうれしいです!!

わたしも同じく症状がでていたのに病院にいかなかったひとりなので、少しでも早期発見、早期治療の大切さが伝わればうれしいですよね‼

みいちゃん☆さんもお大事になさってくださいね☆

私のガン予防ガイド

〈ガン検査〉

ガンの予防のために何をするべきでしょう？

生活改善がよく訴えられますが、禁煙などタトの
ガン予防のための生活改善は現実的ではない場合が多い。
生活習慣の改善・食生活の改善はガン予防のために
行うものではない。
もっと上の考え、健康に一生を終えるため・健康に暮すために
行うことです。

ガン予防のために、一番役立つ事は、
ガン検査を習慣化することです。
正確に言うと、ガン検査はガン予防ではないが、
ガンにより亡くなる事を予防する最大の方法。

ガンは初期に発見された場合容易に治療可能
完治の可能性も高い。
そのためにも賢くガン予防を行うためガン検査をオススメ

〈ガン検査の予約〉

スムーズに行うためにも要予約
医療機関に問い合わせしましょう。

↙多くの場合これが

簡単に行えるもの〜時間のかかるもの
場合によっては前日からの準備が必要なものも有

※自宅で検査出来るキットも売っているよ

〈肺ガン検査〉→ 胸部レントゲン
※定期的な健康診断の中に必ず入っている項目

〈大腸ガン検査〉→ 血液検査・便潜検査 いくつか方法がある
早期発見に役立つ→「大腸内視鏡検査」

婦人科系の病気 大きくわけて…
「子宮の病気」「卵巣や卵管の病気」
「ホルモンや月経異常」「性感染症」
「妊娠異常」

子宮の病気… 子宮内膜症・子宮筋腫(良性)
卵巣の病気… 卵巣腫瘍・黄体機能不全

症状 下腹部痛・不正出血・腰痛・月経痛・不妊
⇩
生理以外の性器出血を指す
婦人科系器官とは限らず乳がんだった
例も有

卵巣ガン 若い人に増えてきているよ
初期は自覚症状がないのが特長
↓
症状が出ると下腹部のハリ 頻尿

月経不順・未婚・妊娠経験がない人は率が高い

内診・エコー・MRIで検査

ガンに良い(予防する食べ物)

〈1〉にんにく

にんじん・セロリ・ブロッコリー

野菜ジュース毎朝飲むの良い!!(市販のでもOK)

✧オススメ✧ ブロッコリージュース(ブロッコリー×りんご ブロッコリー×パイン)

ミキサーでペーストにして飲む

適度な動物→運動を毎日続けると良い

ウォーキング・散歩・ラジオ体操

生姜 強力な抗炎症作用→ガンの成長を抑制

動物実験→大腸ガン・卵巣ガン・乳ガン・胃ガンの成長を阻むことが確認

チューブでも効果有

生姜×紅茶×ハチミツ→生姜紅茶

生姜×豚肉×もやし→なべ

きのこ 免疫作用を高めるβグルカン・抗酸化物質が豊富

シイタケ・シメジ・マイタケ

↳女性ホルモンにも良いよ!!

緑茶 すぐれた抗ガン作用→カテキン

皮膚ガン・肺ガン・卵巣ガン・乳ガン・前立腺ガン

膀胱ガン・肝臓ガンの防止効果有

毎日3〜5杯推奨

ただし!! 緑茶はカルシウムを流してしまうので食後はオススメしない

ぶどう類 → 皮ごと食べれる品種がオススメ
抗酸化物質レスベラトロール → 正常な細胞を傷つけることなくガン細胞だけを破壊する特徴
ブドウジュース・赤ワイン（ピノ・ノワール）がオススメ✩

ニンニク
タマネギ
硫黄化合物 → すぐれた抗炎症作用
デトックス効果抜群
特にニンニク → グルタチオンの生産を活発化させ
細胞の老化を防ぐ
美容面でもシミ・ソバカスの生成を阻むメリット有!!

その他… トマト　キャベツ　ブロッコリー　魚　ベリー類

にんじん → 発ガン性物質を退治
○皮はうすくむいて、ゆで・むす がオススメ

ホウレン草 → 肺ガン防止 → タバコなどによる発ガン性物質の毒性を減らす。

ゴボウ → 大腸ガン防止

ガンになりやすい 肉食・油物・冷たい物・便秘
化学調味料・食品添加物
動物性脂肪・油の酸化
精白食品・白砂糖食品

おわりに

二月二日のブログ配信を最後に茜のつるつる日記は終わっています。

それから一ヵ月と五日、骨に癌が転移し、身体中に粘液癌が広がり痛みとの戦いの日々が始まりました。

ブログを最後まで残したかったと思いますが、文字を見るのがやっとで文を携帯に打つことが無理と嘆いていました。

M大病院からT県病院の末期ガン緩和ケアー病棟に転院して、放射線治療も出来て、痛み止めを自分でコントロールしながら頑張りました。

一度だけ、

「もういや！　こんな事ばかりして家に帰りたい」

と弱音を言った時がありましたが、直ぐ思い直し、

「痛み治さないと帰れないね、頑張るか!!」

と言って、いつもニコニコ医師やナースに毎回、

「ありがとうございました」

と感謝の言葉を忘れず、前向きな娘に助けられ、いつも励ましてくれました。治ることのない病気と戦っている娘と一日一日大切に過した日々は、忘れられない想い出になりました。

ウエディグドレスを着せたかった、ドレス姿を見たかったと言う私に、茜の彼氏が婚姻届けを出してウエディグドレスを着せようと言ってくれて、婚姻届けを手渡してくれようとしましたが、

「なぜ？　なんで今なの？」

と言って受け取らなかったそうです。

後日、テレビを見ていると婚約会見で指輪と愛の言葉をプレゼントしたＩＳＳＡの姿を見て、

「これよ、これなのよ　紙きれ（婚姻届け）やドレスじゃなくて　百円でもいいから指輪がほしいねえ」

と言ったので、直ぐ彼氏にメールで伝え、亡くなる一日前の六日に婚約指輪を左薬指にはめてもらいました。

（泣いて喜んでくれました「嬉しすぎて全身痛いわ」と言ってます。フラれなくてよかったです）

とメールが来て、私は嬉しくて号泣しました。

彼氏と私が娘のベッドの両側で手を握り付き添いしていると、いつもは気丈な娘なのに涙が次から次と流れ

「どうしたの？　痛いの？」

の問いかけにも返事をしないで泣いているので彼氏は辛くなり病室を出て行ってしまい、私がもう一回、

「大丈夫？　痛いの？」と聞くと

「痛いんやないよ、さとさん（彼氏）とお母さんが側にいてくれたから、嬉しくて、甘えたかっただけ」

これが私に言ってくれた茜の最後の言葉になりました。

最後の日の朝、右半身が麻痺して動かなくなり息も苦しく、それでも見えにくくなった目の近くに左薬指にはめてもらった指輪をよせて、うれしそうに何回もなでていたのが思い出されて涙が出ます。夜酸素吸入器を付けるのも苦しくなり、辛そうな茜に、

「頑張ったね、もう頑張らなくていいよ、ゆっくり休みなさい。頑張らなくていいんだよ」

と耳元で言うと苦しそうな息をしながら、両目から一筋の涙が流れました。

私の言葉がわかったのか静かに息を引きとりました。3月7日19時59分　永遠の別れ。

いいえ違う、しばしの別れ、きっとまた私の家族の中に生まれ帰っておいでねと心の中で叫んでいました。

27歳になったばかり、まだまだ夢もあった、デザイナーとして仕事もバリバリしたかった。結婚もしたかった。子供も産み育てたかった。楽しみも山のようにあった。それなのに癌という憎い病魔に取りつかれそれでも、

「絶対に負けない、負けるもんか」

と戦い続け、苦しい辛い治療や闘病生活の中で、みんなに伝えたい事をブログに残して頑張った。茜は立派だったと誉めてあげたい。

そして、この本を手にして読んで下さった方が、一人でも多く婦人科検診に行って、命を大切に、娘の分まで長生きしてほしいと願っています。それがブログを残した茜の思い願いでもあると思います。

最後になりましたが、以前、私のおばあちゃん田口八重の「おこしやす」という本を出版して下さった栄光出版社の石澤三郎社長さんが、本を作りたいと言う私に、気持ちよく出版を引き受けて下さいました。ブログをコピーしてファイルを貸してくださった、茜の

親友の田口智也君。そして、励ましてやさしく支えてくれた佐藤裕介君。多くの茜の友人の皆様。

この場をかりてお礼申し上げます。

ありがとうございました。

平成二十四年四月

母　武田万葉子

つるつる日記—26歳のラストメッセージ—

平成二十四年六月十日　第一刷発行

著　者　武《たけ》田《だ》茜《あかね》

発行者　石澤三郎
発行所　株式会社　栄光出版社
〒140-0002東京都品川区東品川1の37の5
電　話　03（3471）1235
FAX　03（3471）1237
印刷・製本　モリモト印刷㈱

ISBN 978-4-7541-0132-9